Rayons pour Sidar

DU MÊME AUTEUR
DANS LA MÊME COLLECTION

Niourk
Oms en série
Noô (2 vol.)
L'Orphelin de Perdide
Odyssée sous contrôle
La peur géante
Terminus 1
Le temple du passé
Piège sur Zarkass
La mort vivante

STEFAN WUL

Rayons pour Sidar

roman

DENOËL

La première édition du présent roman
est parue aux éditions du Fleuve Noir
en 1957

9, rue du Cherche-Midi, 75006 Paris

ISBN 2-207-24760-0
B 24760-9

PREMIERE PARTIE

CHAPITRE PREMIER

Aux issues de la grotte, les orgues de l'ouragan cessèrent peu à peu leurs lugubres rhapsodies. La tempête s'éloignait.

Le silence réveilla Lorrain, tapi dans l'ombre depuis des heures. Hébété, le Terrien se traîna sur le ventre et regarda dehors.

Les Monts Noirs dressaient des silhouettes impossibles dans un ciel wagnérien, lourdement drapé d'écarlate. Fantaisies d'un cataclysme ancien, des flèches gothiques, des tours en dentelle soutenues de rosaces distordues défiaient les lois de l'équilibre au-dessus des abîmes... Quelques nuées déchiraient encore leurs moires verdâtres à la pointe des sommets.

Des barrissements ricochaient sur les rocs, révélant la présence de bêtes inconnues.

— Ça bon, dit la voix du guide, ça très bon !

Il gambadait déjà au bord d'un gouffre et désignait quelque chose en bas. Lorrain progressa sur les genoux et pencha la tête. Sous lui, les fonds semblaient ouatés de neige.

— Il a neigé ?

— Non, dit le guide, ça pas neige, ça « krofo ».

— Krofo ?

L'indigène aux pattes d'autruche cueillit une petite plante accrochée au roc et d'où la brise arrachait des bourres cotonneuses.

— Oui, krofo comme ça... mais gros, très gros !

Il se lança dans un discours embrouillé. Lorrain comprit que l'ouragan avait accumulé un matelas de cellulose au fond du ravin.

— Nous sauter ! conclut le Sidarien en clignant de l'œil, nous gagner deux jours !

Lorrain frémit.

— Sauter ? Là-dedans ?

— Oui, oui, oui. Pas danger, krofo très bon. Regarde !

Lorrain leva les yeux et vit un morceau de « krofo » attardé tournoyer lentement vers le sol, comme un flocon de neige aux dimensions éléphantesques.

— Toi gagner deux jours, insista le guide.

— Moi gagner l'éternité, ironisa Lorrain.

A l'idée de cette chute de mille pieds, il sentait se révolter toutes ses fibres. Il héla le guide, qui s'éloignait.

— Xaog ! Où vas-tu ?

Déjà lointaine, l'aigre voix du Sidarien se répercuta parmi les monts.

— Moi chercher place facile pour sauter.

Le ciel virait au rouge sang.

Lorrain toussa, le poing sur la gorge. Sa greffe laryngée le torturait ; mais sans ce filtre, il n'aurait pu respirer la lourde atmosphère de Sidar.

Il s'assit et fouilla la besace de Xaog entre ses

jambes. Il y prit des fruits secs à forte odeur de formol et les mâcha lentement, larmes aux yeux, luttant contre la nausée.

Une bouffée de pestilence l'avertit du retour de Xaog.

— Ce que tu sens mauvais ! s'exclama Lorrain sans tourner la tête.

— Oui, oui. Moi sentir beaucoup fort, dit le guide avec fierté. Moi trouver place. Nous sauter ?

— Allons-y, soupira Lorrain en raflant son arme.

Il suivit la démarche dansante de Xaog, passa sous des arches de pierre, contourna des étrangetés monolithiques et parvint à une espèce de plongeoir naturel surplombant le vide.

Le Sidarien sauta sans hésiter. Hérissé, Lorrain le vit disparaître. Quand il osa regarder, Xaog, petite tache brune, rebondissait comme une balle sur le matelas de krofo... deux fois, trois fois... avant de s'immobiliser.

De si haut, le Terrien devina plus qu'il ne vit le geste rassurant de la frêle silhouette.

Lorrain n'aurait su dire si ce fut une bravade désespérée ou la peur de la solitude qui le poussa en avant, peut-être les deux choses à la fois. Il tomba comme une pierre.

Il se sentit arriver sur le dos, crut s'enfouir, et fut relancé vers les cimes. Dès la deuxième chute, il roula, membres épars, au flanc d'une véritable pyramide de balles de coton. A genoux, il hoqueta et vomit.

— Toi malade, fit le guide, ça pas grave.

Lorrain, furieux, lui lança une injure en s'essuyant la bouche. Xaog ne comprit pas et répéta :

— Ça pas grave du tout.

Lorrain haussa les épaules et lui jeta un regard torve qui, soudain, se figea... Une chose énorme approchait. Lorrain chercha son arme et s'aperçut que le guide l'avait ramassée.

— Lance-moi mon fusil !

— Non, dit Xaog en tournant la tête dans la direction indiquée par les yeux du Terrien. Toi pas bouger, hein !

Haut de cinq mètres, un bipède à tête de vautour venait vers eux. Son poids faisait trembler le sol duveteux.

— Lance-moi mon fusil, répéta Lorrain.

— Non, dit Xaog sans le regarder. Si toi tirer, toi fiche le feu à krofo, krofo tout griller, nous avec. Toi pas bouger.

Xaog s'avança vers le monstre et stoppa à deux mètres de lui.

Puis il se mit à siffler sur une note continue, aux limites de l'audible. Le monstre pencha sa tête cornée vers Xaog et le regarda sous le nez. Immobile, le guide continuait à siffler.

Alors, Lorrain vit une chose extraordinaire. La bête s'agenouilla lentement, se laissa tomber sur le flanc, rentra son cou annelé dans ses épaules et ne bougea plus.

Le guide siffla encore pendant une longue minute, puis recula pas à pas, avec prudence. Il rejoignit Lorrain et lui rendit son arme.

— Nous partir. Pas réveiller bountog, bountog très méchant, souffla-t-il.

Lorrain reprit son fusil et le sentit humide dans sa main. Il regarda Xaog. Celui-ci suait avec une abondance incroyable, on voyait des ruisseaux suivre les rides innombrables de sa peau nue et dégoutter de ses doigts. Il secoua les oreilles avec impatience, envoyant une giclée de sueur autour de lui. Il sentait plus fort que jamais.

En trébuchant sur le chaotique matelas de krofo, Lorrain suivit le guide vers l'est. Il savait avoir des jungles à traverser, puis encore des montagnes, puis des jungles encore avant d'arriver au but.

Son regard brûlé par la sueur balaya le ciel, la pointe des monts, effleura le guide. Lorrain pensa à celui qu'il cherchait. Il revit le visage de son compagnon disparu. « Lionel était plus fort que moi, plus résistant, mieux conditionné aussi, pensa-t-il, et il a disparu... Oh, il faut, il faut que je retrouve Lionel, ou bien... » (il osait à peine achever sa pensée) « ... ou bien Sidar est foutue. foutue, foutue ! Si je ne retrouve pas Lionel, tous nos plans, tous nos projets, quatre ans de travail acharné, n'auront servi à rien et la planète Sidar sera foutue, foutue... »

Ce dernier mot berça sa marche pendant des heures.

CHAPITRE II

Quand Lorrain s'éveilla pour la deuxième fois, il ouvrit les yeux sur un spectacle à la fois irritant et cocasse. Croyant son patron endormi, Xaog consommait une grande quantité de cigarettes terriennes. Une cigarette allumée dans chaque narine et une dans chaque oreille, il les fumait quatre par quatre.

— Hé ! fit Lorrain.

Surpris, Xoag rafla en un tournemain les quatre cigarettes qui hérissaient son visage et les cacha d'un geste vif dans sa grande bouche. Il tourna lentement une face innocente vers Lorrain, tout en chiquant pêle-mêle tabac, braise et papier. Un petit filet de fumée bleuâtre lui montait de la commissure des lèvres.

— Je t'ai déjà dit de ne pas me prendre de tabac sans le demander, gronda Lorrain.

Xaog découvrit ses dents en un sourire horrible et désarmant, souillé d'une boue de salive et de cendre.

— Moi beaucoup faim, toi dormir. Moi pas réveiller toi pour manger.

— Ne fais pas l'innocent, tu ne mangeais pas, tu fumais quand j'ai ouvert les yeux ! Bon sang !

Lorrain cria les deux derniers mots.

— Quoi, bon sang ! dit Xaog surpris.

— Rien, dit Lorrain en regardant autour de lui.

Le spectacle du guide fumant ses cigarettes lui avait fait négliger l'endroit où il se trouvait et tous les souvenirs de la veille lui revinrent comme un cauchemar.

Lié par la taille à une grosse branche, Lorrain se demanda comment il avait pu arriver en haut de cet arbre géant sans s'en rendre compte.

Il est vrai que la majeure partie du voyage n'avait été pour lui qu'un cheminement interminable dans la nuit pluvieuse. Des îlots de souvenirs qui avaient été des îlots de conscience surgirent sous son crâne : « Le contact de la main de Xaog ; du noir, du noir, de l'humide, de la souffrance, je trébuche mais... l'éternelle main de Xaog. Toujours là aux moments difficiles. Xaog... bon guide, vraiment. Que ferais-je sans lui ? Aïe, mon pied ! — C'est rien, patron. Donne-moi le bras. Monte ; encore ; descends ; remonte. — Je ne vois plus clair, combien de temps à marcher encore ? Du noir, du noir, un éclair, du tonnerre. Vite, patron, vite. Course, pieds mouillés... jusqu'aux genoux, course dans le noir, contacts rugueux. Un éclair et vision rapide : le visage crispé de Xaog qui ruisselle de pluie ou de sueur, on ne sait plus. Vite, patron, vite. Je ne sens plus mes membres, je ne sens plus rien. Je voudrais tomber là et dormir, dormir dans la boue épaisse... la main de Xaog ! Toujours là pour m'empêcher de dormir, Xaog... toujours là pour... sa main...

Et voilà, c'est le dernier petit fil cassé des souvenirs.

Tout ça pour se retrouver en l'air, attaché à une grosse branche qui vous berce au milieu des fleurs dansantes et des papillons odorants... car où sont les fleurs et où sont les papillons ? On croit que c'est une fleur et ça s'envole en sifflotant. On croit qu'un papillon se pose et c'est un pétale qui tombe... c'est le paradis, vraiment. Ou plutôt ce serait le paradis, sans cette gorge qui me fait souffrir et mes multiples courbatures.

Les doigts gourds, le Terrien entreprit de défaire le nœud compliqué qui l'attachait à l'arbre. Au bout de deux minutes, il renonça et Xaog vint à son secours.

— Toi pas tomber, surtout, recommanda l'indigène.

Lorrain essaya de percer du regard les abondantes floraisons qui lui cachaient le sol.

— Là-dessous par terre : de l'eau, de l'eau beaucoup, dit Xaog ; et des sales bêtes dedans. Ça mord et toi mourir. Toi pas tomber ! Nous continuer voyage par les branches.

Le moral anéanti par les fatigues qu'il prévoyait, Lorrain ne dit rien. Xaog lui recommanda de l'attendre pendant qu'il allait chercher de quoi manger :

— Moi pas longtemps.

Lorrain le vit disparaître comme un démon danseur au milieu des branches, des lianes multicolores et des guirlandes de fleurs.

Un papillon se posa sur la main du Terrien qui,

charmé, s'efforça de ne pas bouger. L'insecte géant regarda l'homme de ses petits yeux à facettes, puis il siffla sur deux ou trois notes un petit air de flûte, tandis que Lorrain l'examinait avec attention et cherchait à savoir s'il produisait cette musique avec sa trompe ou bien par un crissement d'ailes ou d'abdomen. Le papillon rose et or siffla encore, puis il déroula sa trompe et, la brandissant comme un fouet, l'abattit avec force à la saignée du bras de Lorrain. La pointe terminale se piqua dans la grosse veine. Lorrain chancela de surprise et faillit lâcher sa branche. Puis il jura et leva sur l'insecte une main menaçante. Un cri arrêta son geste :

— Non !

Lorrain vit le visage effrayé du guide percer les frondaisons au-dessus de lui.

— Laisse-moi faire, conseilla Xaog.

Lorrain baissa les yeux et regarda avec dégoût le papillon dont le corps enflait à vue d'œil, gonflé de sang terrien. Xaog fut auprès de lui en quelques secondes. Avec des gestes lents, il prit le ventre de l'insecte entre ses doigts et le serra légèrement. La bête sortit sa trompe du bras de Lorrain et la brandit vers Xaog. Mais celui-ci écrasa l'abdomen d'une pression de phalanges. Cela fit un bruit sec et une liqueur ambrée coula sur le genou de Lorrain dégoûté. Le Sidarien se lança dans des explications :

— Si toi l'écrases, toi pas pouvoir retirer la trompe et toi meurs poisonné. Si papillon tire sa trompe tout seul, paf ! C'est un papillon qui meurt.

Lorrain regarda son bras avec inquiétude et pensa qu'on parlait beaucoup de mourir dans le pays. Le guide lui dit de ne pas se soucier de son bras. Il rapportait des fruits verts en forme de points d'interrogation ou plutôt de crosses d'évêque, et des fruits marron à l'écorce velue. Toute la sympathie de Lorrain allait aux fruits verts. Il tendit la main. Mais Xaog le repoussa fermement :

— Si toi manges fruits verts, toi mourir. Ça bon pour moi Sidarien, pas bon pour Terrien. Toi manger tranquillement fruits marron.

Le Terrien prit un fruit d'un air dégoûté et en arracha l'écorce ; il obtint une boule molle et blanchâtre, tiède aux doigts. Un peu de jus coulait là où vraisemblablement on l'avait arraché à l'arbre.

Lorrain mordit sans enthousiasme. Sa bouche s'emplit d'un goût âcre, il eut peine à mâcher des parcelles fibreuses.

— Où as-tu cueilli ça ? demanda-t-il à Xaog.

— Hm ! fit Xaog la bouche pleine, moi pas cueilli...

Gêné par sa bouche encombrée, Xaog fit courir ses doigts sur sa cuisse, imitant la fuite d'un animal.

— Moi pas cueilli, dit-il enfin, moi attrapé. Ça pas fruit vraiment, dit-il en confidence, comme on donne une recette rare, ça ventre d'araignée !

Lorrain eut un haut-le-cœur et passa cinq bonnes minutes à cracher et à se rincer la bouche avec de la sève d'arboral, sous l'œil étonné de l'indigène.

Xaog dut lui chercher une autre nourriture. Il lui rapporta une espèce de fagot de tiges noirâtres et élastiques comme des bâtons de réglisse et dut jurer que cela n'avait aucun rapport, même lointain, avec un insecte quelconque. Il jura sans difficultés et Lorrain fit semblant d'ignorer que Xaog avait une notion très personnelle et très élastique du mensonge. Il n'osa pas chercher d'où venaient les bizarres bâtons de réglisse, crainte de ne rien manger de la journée.

— Nous partir maintenant, dit le Sidarien.

Lorrain se mit debout sur la branche et gémit. Tout son corps le faisait souffrir.

— Toi pas tomber, répéta le guide.

Ils marchèrent l'un derrière l'autre jusqu'à l'extrémité de la branche qui plia sous leur poids comme pour les déposer obligeamment dans un écheveau de lianes probablement emmêlées par le vent de la nuit précédente.

Lorrain s'occupait uniquement de suivre le dos de Xaog. Ils se débattirent pendant un bon quart d'heure au milieu de guirlandes, de câbles végétaux et de fleurs écrasées. Toute cette agitation paraissait inutile à Lorrain qui ne se voyait pas avancer et se jugeait aussi perdu qu'une fourmi dans une pelote de laine. Mais Xaog le sortit enfin de cette bizarre situation et le Terrien s'aperçut qu'ils avaient progressé d'une bonne centaine de mètres. Cent mètres ! Lorrain soupira.

— A combien de kilomètres sommes-nous de ton village ? demanda-t-il au Sidarien.

— Kilomètres pas savoir. Encore deux jours s'il pleut pas ! Six jours s'il pleut.

Il ne plut pas. Ils arrivèrent au village au matin du troisième jour. Le soleil faisait briller au creux d'un val quelques centaines d'habitations aux toits plats ou convexes entre lesquelles on devinait les failles irrégulières de rues à peines tracées. Des arbres à crosses en grand nombre dépassaient des toitures ou même, quand elles étaient plates, poussaient dessus. Un murmure de foule parfois déchiré de criailleries d'enfants montait mollement de la petite agglomération.

Xaog en pleine forme, suivi de Lorrain traînant la jambe, descendirent la colline par un vague sentier en lacets. A mesure qu'ils approchaient, le guide parlait tout seul, de plus en plus fort, s'arrêtait de temps en temps pour se tenir les côtes et lancer vers le ciel de grands rires de joie.

— Que dis-tu ? s'informa le Terrien.

Xaog se lança dans une grande phrase tout à fait incompréhensible en montrant le village de son doigt sale. Il s'exprimait dans sa langue.

— Je ne comprends rien, dit Lorrain.

Alors, le Sidarien s'approcha de lui, une flamme de bonheur dans l'œil, leva ses deux paumes et lui claqua trois fois la poitrine en disant « Na, na, na ! » Et comme Lorrain commençait à le croire fou, le guide ajouta :

— Moi content retrouver mon village, alors moi ris, moi parle, moi fais « na, na, na ».

— Que veut dire « na, na, na » ?

Xaog éclata d'un grand rire et lui claqua encore trois fois les paumes sur les pectoraux.

— « Na, na, na ! » Ça vouloir rien dire, ça vouloir montrer moi très content.

Le dernier tronçon de sentier restait à parcourir jusqu'aux premières bâtisses. Lorrain distinguait un enfant sidarien vautré dans la poussière et jouant avec un petit serpent vert. Le gosse dut les entendre arriver car il leva les yeux.

— Na, na, na ! cria Xaog.

L'enfant sauta sur ses pattes et, tête renversée vers

le soleil, cria d'une voix enrouée quelque chose comme :

— Chig ahama taen ma Xaog !

Une fusée d'exclamations diverses jaillit des fenêtres et des cours des environs. Lorrain n'eut pas le temps de demander à son guide le sens de la phrase prononcée par l'enfant. Ils arrivaient aux portes de la bourgade et des groupes de deux ou trois indigènes, sortant de partout, couraient déjà vers eux. Ils enfilaient une rue tortueuse quand ils furent accueillis par un charivari de cris, de piaillements et de « na, na, na ». La foule grossissait à vue d'œil. Xaog faisait de grands gestes inutiles pour obtenir le passage et riait à gorge déployée.

La rue était bouchée par l'affluence. Un gros Sidarien au visage luisant et aux petits yeux de cochon s'approcha de Lorrain en jouant des coudes. Il leva les paumes ; il les lui claqua sur la poitrine en criant « na, na, na ».

Tous voulurent l'imiter. La foule se rua sur le Terrien. « Na, na, na ! ». Lorrain chancelait, voyait passer en éclair autour de lui des visages, encore des visages, où la sueur coulait en ruisseaux, où les regards et les dents brillaient avec une férocité inquiétante, seulement due à l'intensité du plaisir et à l'hystérie populaire.

Le Terrien, cherchant à faire bonne figure, essaya de ne pas trop bouger sous les claques d'amitié qu'on lui prodiguait. Il cherchait Xaog des yeux, mais celui-ci avait brusquement disparu au milieu des autres visages si semblables au sien. Il était sans doute tout proche et Lorrain ne le voyait pas.

Lorrain avisa un grand Sidarien et crut politique

de lui claquer la poitrine en faisant « na, na, na ». Ses mains frappèrent donc trois fois la peau visqueuse. Chose inattendue, le Sidarien, gêné sans doute par le désordre d'enfants qui couraient dans ses jambes, trébucha en arrière ; il tomba presque.

Se redressant, il rendit la politesse à Lorrain par une triple poussée qui l'envoya rouler sur le sol. La foule éclata d'un rire énorme. Lorrain était à peine debout qu'un nouveau Sidarien le jetait par terre ; il se releva et tomba pour la troisième fois. Les indigènes prenaient goût au jeu. C'était à qui ferait tomber le Terrien sous la force de son nanana. Quelques-uns redressaient eux-mêmes le jeune homme pour avoir plus vite le plaisir de le jeter par terre.

Le jeu devenait dangereux pour Lorrain. Epuisé, assourdi de nananas, écœuré par l'odeur sidarienne, il hurla : « Xaog ! » et avala une demi-livre de poussière. Il crut perdre connaissance et se sentit saisi par des poignes solides. Après deux secondes d'inconscience, il ouvrit les yeux et, tête dodelinante, s'aperçut qu'on l'avait hissé sur les épaules de quelqu'un. Il regarda et reconnut ses porteurs : Xaog et le grand Sidarien qui l'avait fait tomber le premier. Porté en triomphe au-dessus des mille cris et gestes d'accueil de la multitude d'où, comme un encens, s'élevaient des tourbillons de poussière et des bouffées de puanteur, il avançait doucement, fendait la marée sidarienne de la force lente et sûre de ses deux porteurs. Petit à petit, la foule suivit le mouvement, sans interrompre son tumulte. Ils marchèrent plus vite.

Des visions rapides passaient devant les yeux de

Lorrain. Une femme criant quelque chose dans sa direction par une fenêtre (on aurait dit qu'elle criait au feu !) ; un bizarre petit singe au tronc d'un arbre à crosses, qui le regarda d'un œil rond et médusé avant de fuir dans un bouquet de palmes ; en haut d'un mur de terre, une vingtaine d'enfants rangés comme des pots sur une étagère et criant en chœur « na, na, na » tout en claquant des mains. L'un d'eux jeta un fruit en crosse verte que le Terrien rattrapa au vol et brandit vers l'enfant, en signe de remerciement.

Secouant un peu sa torpeur, le jeune homme se pencha vers l'oreille de Xaog et cria :

— Mène-moi chez le Résident.

— Oui, oui ! hurla Xaog.

Bientôt, un assemblage de quatre grandes cases rondes, soudées entre elles par des murs de terre battue, apparut au détour de la rue. Un drapeau terrien pendait lamentablement le long de la hampe fixée au-dessus de la porte. On déposa Lorrain en haut des trois marches de bois honorant l'entrée.

Il se trouva debout devant un petit homme rond. Il vit sa bouche remuer et comprit que l'homme lui parlait. Réalisant l'inutilité de son discours, le Résident le prit par la main, le fit entrer et claqua la porte au nez des manifestants sidariens.

Le calme relatif et la fraîcheur de la pièce tombèrent sur Lorrain comme une chape délicieuse. Le Résident souriait en l'entraînant dans la chambre voisine.

— Ils n'ont pas vu de nouveau visage terrien depuis deux mois, dit-il. Ils sont très hospitaliers mais un peu brutaux dans leurs démonstrations. On s'y fait, vous savez.

Il fit asseoir son compatriote et sortit d'un placard deux flacons de goult.

— Ce sont les derniers, dit-il. Je les gardais pour une grande occasion. Et comme votre arrivée est certainement la dernière grande occasion de ma vie !

De l'ongle, il fit sauter l'obturateur et tendit un flacon à Lorrain. Le jeune homme renversa la tête en arrière et avala une longue lampée.

— Ça fait du bien, dit-il en s'essuyant la bouche. Depuis dix jours, je carbure à la sève d'arboral.

Le Résident ne répondit pas tout de suite, il buvait aussi.

— Faites-le durer, soupira-t-il. Car bientôt vous serez obligé de vous remettre à la sève.

Il posa son flacon sur la table et regarda Lorrain.

— Ainsi, vous êtes Lorrain 1613 A.C. ! On m'a prévenu par radio de votre arrivée. J'ai trépigné d'impatience pendant une semaine à l'idée de boire du goult en votre compagnie. Vous êtes un Afrançais, je suppose ; Lorrain, c'est un nom afrançais, hein ?

— Oui, dit Lorrain, ma famille est d'origine saharienne, je suis moi-même né à Tamanrasset, dans le Hoggar.

— Je connais très bien. J'y ai passé deux congés de suite, tellement je m'y plaisais.

— Il y a longtemps ?

Le Résident plissa le front.

— Attendez donc... Ça doit faire une quinzaine d'années.

— Vous trouveriez tout changé, aujourd'hui.

Le petit homme rond s'inquiéta.

— Ils n'ont pas supprimé le lac, au moins ?

— Ne vous inquiétez pas, ils en ont créé d'autres. Un vrai paradis de vacances.

Le Résident frappa dans ses mains.

— Ah, très bien. Voyez-vous, ça m'aurait embêté de savoir le lac supprimé. Ça m'aurait gâché des souvenirs de jeunesse. C'est moral, remarquez, parce que...

Il regarda autour de lui les murs ouatés de krofo, considéra la fenêtre grillagée par laquelle entrait de la poussière et des barres de soleil brûlant. Il parut s'éveiller d'un rêve et se leva, la tête basse.

— Parce que ? s'enquit Lorrain.

— Parce que je n'y remettrai jamais les pieds. Ma patrie, c'est Sidar.

Lorrain eut une mimique d'étonnement.

— C'est Sidar ! répéta le Résident. J'ai lutté trente ans pour que la Terre s'y maintienne, y fasse quelque chose, y envoie le plus de colons possible. Il faut croire que je me suis trompé. Cette planète est trop loin, le voyage rebute les Terriens. Mais...

Il s'enthousiasma pour son sujet et, s'approchant d'une carte de la région fixée au mur :

— J'ai eu une grande joie quand le gouvernement a mis en chantier la route Gayam-Nisso. Je me disais qu'un jour, cette route viendrait jusqu'ici. Pensez-vous ! Travaux abandonnés au bout de six mois, retour à la jungle ! Et elle va vite, la jungle, par ici. Les arbres à crosses ont fait éclater le métal de la chaussée en quinze jours. Les affaissements de terrain et les crues ont emporté les débris.

Il se tourna vers Lorrain exténué dans son fauteuil.

— Vous avez remarqué des traces de route en venant ici ?

— Non, rien, dit Lorrain.

Le Résident haussa les épaules.

— Vous pensez ! Et à Gayam, comment est-ce ?

— A part le quartier administratif, les immeubles abandonnés sont devenus de nauséabondes grottes à vautours. La banlieue est rongée par la végétation. Le Gouverneur lui-même n'a l'eau courante que trois jours par semaine.

Le Résident leva les bras au ciel.

— Où est-elle, l'orgueilleuse capitale !

Il but un peu de goult et dit d'une voix lasse :

— Quand j'ai vu passer les derniers colons rapatriés, j'ai eu envie de les suivre. Mais trop de liens m'attachent à cette planète... Mon robot est mort ici.

Il s'essuya les yeux.

Lorrain se pencha en avant.

— Je suis venu chercher le mien, dit-il.

Le Résident sursauta.

— Mais je suis complètement fou, mon cher. Je ne vous ai même pas demandé les raisons de votre présence ici. Vous dites que vous venez chercher votre robot ?

— Oui, dit Lorrain. J'étais malade en Afrance quand les accords Terre-Xress ont été conclus. J'ai aussitôt abrégé ma convalescence. Le temps de me faire greffer une membrane et je partais pour Sidar.

— Mais que faisait votre robot sur Sidar ?

Lorrain n'eut pas besoin de mentir au brave homme.

— Il tenait une factorerie en pays Horb, dit-il. Je devais le rejoindre un peu plus tard.

— Bigre, fit le Résident, en pays Horb, dites-vous ? Drôle de coin pour monter une factorerie ! Et comment a-t-il disparu ?

— Je suis arrivé à Gayam pensant le rencontrer dans cette ville. J'ai demandé son adresse au Gouvernement général : rien ! Il ne s'est pas replié. Je suppose qu'il est toujours là-bas. Mais pourquoi n'envoie-t-il pas de ses nouvelles ? Quelque chose a dû lui arriver.

Le Résident se dirigea vers un clavier de boutons surmonté d'un écran.

— Comment s'appelle votre robot ?

— Lionel, dit Lorrain se levant à son tour, Lionel 1613 A.C.

Le petit homme rond tripota son clavier en s'informant :

— Il vous ressemble beaucoup ?

— Assez, oui.

L'écran se moirait d'ondes de lumière.

— Il est vrai que vous êtes jeune, soupira le Résident. Vous verrez, plus tard, quand vous aurez une ride, puis une autre, quand vos cheveux grisonneront, quand vous vous empâterez progressivement. Votre robot vous deviendra de plus en plus cher, de plus en plus précieux : la parfaite image de votre jeunesse. Là, vous vous attacherez à lui, terriblement.

— Mais j'aime Lionel comme un frère, protesta Lorrain.

— Oui, oui, dit le petit homme. Mais en vieillissant, vous l'aimerez comme un fils.

L'écran montra soudain un visage, le propre visage

de Lorrain. Le Résident regarda tour à tour le portrait lumineux et le jeune homme.

— Oui, c'est bien un autre vous-même, dit-il. Votre maladie vous a un peu amaigri, peut-être...

— Je vous en prie, dit Lorrain ; donnez-moi vite les nouvelles de cercle.

Le Résident tira une manette et cueillit une carte perforée dans un tiroir. Il introduisit cette carte dans une espèce de machine à écrire qui mitrailla de caractères une feuille de plastique.

Lorrain dévorait le texte des yeux au fur et à mesure.

« Lionel 1613 A.C., robot de Lorrain du même matricule. Arrivé de la Terre sur Sidar par spaciodrome de Gayam le 10 A.A. 2022. Autorisation de voyage individuel et d'émancipation provisoire limitée à deux ans, signée par Lorrain, son maître, et légalisée par autorités afrançaises avec numéro 3722. G.S.63.

« Activité prévue : fondation sur Sidar d'une factorerie-forteresse sur limites nord pays Horb.

« Nouvelles : formalités normalement remplies et achat matériel nécessaire. Départ air le 18 A.A. 2022 pour pays Horb. Bâtiments érigés cent kilomètres nord confluent Grand Fleuve — Rivière Jaune constituant frontière Territoire Fédéral. »

— Je sais déjà tout cela, dit impatiemment Lorrain.

« Activité normale de la factorerie pendant six mois. Léger incident vite réglé avec tribus Horb. Chiffre d'affaires augmentant régulièrement jusqu'à 6.000 Hectocrédits déclarés le 13.2.2033.

« Dernières nouvelles : Reçu ordre de repli après

les accords Terre-Xress abandonnant Sidar aux Xressiens. Préparatifs de départ. Banque Solaire de Gayam m'avise reçu de Lorrain 130.000 Hectocrédits, pris sur allocation indemnité expropriation. Tribus Horb voisinage s'agitent. Connaissent mes intentions de départ. Partirai dans deux jours. Matériel emballé dans fusée. »

La machine s'arrêta. Incrédule, Lorrain la secoua un peu.

— Non, c'est tout, dit le Résident.

Lorrain se jeta dans un fauteuil.

— J'en sais à peine plus que par les services de Gayam, regretta-t-il.

Il toussa, eut l'impression qu'il allait expectorer sa greffe laryngée. Larmoyant, il se contraignit à mater les spasmes de son diaphragme.

— Répondez-moi franchement, Résident, dit-il en s'essuyant les lèvres d'un mouchoir ; je suis obligé d'y aller à pied puisque les fusées sont réquisitionnées par le Gouvernement. Est-ce une chose réalisable ?

Le Résident fit la moue et admit :

— Rien n'est impossible, mais ce sera dur. Les Horbs sont de drôles de cocos, vous savez. Vous aurez de la chance si vous arrivez au but. Et pour trouver quoi, je vous le demande ? Je crains qu'il ne soit arrivé malheur à votre Lionel.

— J'irai, dit Lorrain. Il faut que j'y aille.

Le Résident but une gorgée de goult.

— Je vous comprends, dit-il. J'en ferais autant à votre place. Si je n'étais pas un vieux bonhomme, je vous accompagnerais. Je n'attends plus rien de la vie : j'ai perdu mon robot et cette planète sera infestée de Xressiens avant six mois. Mais je crains trop de vous être à charge. En tout cas, vous pouvez compter sur moi pour vous donner toute l'aide morale et tous les renseignements nécessaires... Qu'est-ce que vous avez ?

Lorrain s'était laissé aller en arrière dans son fauteuil. Des cernes bleuâtres donnaient à ses yeux un éclat tragique.

— Je suis mortellement fatigué, dit-il.

— Vous avez besoin d'une bonne douche et de deux jours de sommeil, conseilla le Résident. Vous ferez bien de prendre un somnifère car...

Il consulta un calendrier sur le mur avant de poursuivre :

— Il y a nuit rouge, ce soir. La lueur du satellite 2 va transformer le paysage en décor sanglant et les indigènes hurleront toute la nuit. Ça fait partie de leur religion, vous savez.

CHAPITRE III

Lorrain se croyait emporté en enfer par des trombes de sang qui tombaient du ciel, ruisselaient en torrents au flanc des montagnes, balayaient sur leur passage des foules glapissantes de damnés. Pêle-mêle avec le Résident, Xaog et les indigènes, il roulait vers des gouffres affreux, tombait de mille pieds vers un lac d'épais liquide rouge où les gouttes lourdes formaient des bulles.

Mais, au lieu de couler au fond, de s'engloutir dans cette horreur, il rebondissait deux ou trois fois sur la surface subitement figée en toile solide. Il s'agenouillait, l'esprit vide, au bord d'un immense et lisse miroir écarlate, il se penchait, regardait, reconnaissait Lionel, image symétrique au fond du miroir. Il voulait tendre les mains, crier « Lionel ! », mais devait rester sottement paralysé, sans voix, craignant de dissiper la réconfortante apparition.

Lionel ne bougeait pas non plus, mais pouvait crier cependant. Immobile, les yeux hagards, bariolé de traînées sanglantes, il lançait du fond de la gorge des sons étranges, énormes, qui claquaient en échos d'orgue sous l'immense surface du lac : « Hang ! Hang ! »

« Lionel est fou » ! pensa Lorrain. Il voulut lui sourire pour le calmer, sentit son visage rester impassible malgré ses efforts.

« Hang ! Hang ! » Le son terrible crevait les tympans. L'horreur brisa l'étrange paralysie de Lorrain qui bondit et se retrouva debout au pied de son lit en hurlant « Lionel ! »

Il ne sut s'il rêvait encore. « Hang ! » Le cri devint si proche, si puissant que le jeune homme vit trembler au soleil la moustiquaire de plastique obturant sa fenêtre. Des portes claquèrent dans les couloirs de la maison. Le Résident parut sur le seuil de la chambre, l'arme au poing.

— Vous êtes debout ! dit-il, vite prenez votre pétoire et suivez-moi !

Lorrain obéit sans chercher à comprendre. Il se retrouva dehors en slip sans savoir comment. Il rattrapa le Résident qui trottait dans la rue.

— Qu'est-ce que...

Un « Hang » assourdissant lui coupa la parole. Des singes aux yeux ronds fuyaient sur les toits, se réfugiaient dans les arbres à crosses.

— Ça vient du nord, haleta le vieil homme. Pourvu qu'il ne soit pas arrivé aux premières maisons !

Ils enfilèrent une impasse, bondirent sur les marches de terre battue enjambant successivement trois terrasses superposées, dominèrent le val où se blottissait le village. Et là, ils virent le monstre, à cent mètres.

— Faites comme moi, conseilla le Résident en s'allongeant sur la terrasse. Surtout, visez les yeux. Sinon, vous l'irriterez sans résultat.

La taille du monstre accroupi dépassait largement les toits. Il crevait les masures à coups de poing et bâfrait des grappes de Sidariens. De la bave verdâtre et des membres coupés, des paquets d'entrailles pendaient à sa mâchoire dentelée. Incongrûment, l'idée effleura Lorrain d'un individu malpropre luttant avec un plat de spaghetti. Il épaula.

Les deux armes sifflèrent presque en même temps. Le monstre ouvrit sa bouche comme un tunnel et se dressa debout, les bras au ciel. Sa masse obscurcit le soleil. Il tituba, penchant un peu la tête comme une baudruche géante qui se dégonfle ; puis il bascula en avant.

Lorrain eut l'impression qu'il allait tomber sur eux et ferma les yeux, crispé. Il sentit la chute secouer le sol comme un séisme et osa regarder. Au milieu d'un nuage de poussière qui dansait en points d'or dans le soleil, il devina des contours gigantesques effondrés sur une cinquantaine de maisons broyées. Des fruits en crosses tournoyaient encore en l'air avant de se précipiter au sol.

L'un d'eux éclata sur la terrasse, à deux pas des Terriens.

Lorrain se tourna vers le Résident. Celui-ci s'était levé sur un genou, il essuyait un front maculé de sueur et de poussière.

— Et voilà ! fit-il avec simplicité.

Lorrain avala une salive boueuse. Il ne reconnut pas sa voix :

— Qu'est-ce que c'est ?

— Un ogre, dit le vieil homme en abaissant le cran de sûreté de son arme.

Debout, il époussetait de la main son pantalon. Il s'informa :

— Vous n'en avez jamais entendu parler ? Il est vrai que la race tend à disparaître. Personnellement, je n'en ai pas vu depuis cinq ans. Ils sont plus nombreux en pays Horb. Les gens d'ici appellent ça un Krôtang.

Ils descendirent vers la rue.

— Pour un réveil en sursaut ! s'exclama Lorrain.

Il toussa un peu, s'appuyant la main sur la gorge. Il regarda sa main trempée, sa poitrine dégoulinante.

— Je sue presque autant que Xaog !... Mais eux, les indigènes ?

Le Résident descendit la dernière marche.

— Oh ! fit-il, un bombardement ne les réveillerait pas avant le milieu du jour. Pendant les nuits rouges, ils se saoulent à mort. La sève a coulé à flots. Dans cet état, on pourrait les griller à petit feu sans qu'ils reprennent conscience. Sans nous, tout le village y passait.

Ils enfilèrent plusieurs ruelles silencieuses où retombait lentement la poussière, escaladèrent des décombres. Toussant et larmoyant, Lorrain s'appuya contre un mur zébré de fissures et recula comme s'il s'était brûlé. Le mur était humide et mou. Il comprit qu'il avait buté contre l'ogre au moment même où le Résident disait :

— Oh ! il n'y a plus de danger, nous l'avons bien assaisonné. Ces vermines-là sont particulièrement idiotes, heureusement. De vraies brutes !

Il toucha de sa botte le flanc grisâtre où les

mouches pullulaient déjà. Le léger choc fit trembler des étages de rides graisseuses, coiffées au sommet de petits bouquets de poils roux. Lorrain fit deux pas en arrière pour mieux voir l'ensemble. Deux pans de murs écroulés limitaient son champ visuel.

— Je ne me rends pas bien compte, dit-il... De quelle partie de son anatomie s'agit-il ?

— C'est la tête. Cette peau flasque est celle de sa joue. D'après les dégâts que j'ai estimés à vue de nez du haut de la terrasse, il a fait une bonne trentaine de victimes. C'est à se demander comment la race sidarienne a pu tenir le coup avant l'arrivée des Terriens. Il y en avait beaucoup plus autrefois. Allez, rentrons. D'ici une demi-heure, l'atmosphère va devenir irrespirable. Le climat accélère la putréfaction d'une façon incroyable.

Ils reprirent côte à côte le chemin de la Résidence, le vieil homme balançant négligemment son arme par le canon, Lorrain évitant les cailloux qui lui avaient déjà blessé les pieds pendant sa course récente.

— Si nous n'avions pas le nécessaire, vous seriez foutu, mon cher, dit tranquillement le Résident. La moindre blessure est mortelle par ici. Vous feriez bien de prendre du Polymors en arrivant.

— Vous en avez ? s'enquit Lorrain.

Le Résident s'arrêta pour regarder Lorrain.

— Ne me dites pas que vous vous êtes jeté dans la brousse sans Polymors !

— Mais... je vous le dis.

Le Résident marcha plus vite, tout en ronchonnant.

— Vous êtes complètement fou ! Vous auriez pu y laisser votre peau cent fois ! Les notices officielles sont pourtant catégoriques. Vous les avez lues au moins ?

Ils entrèrent à la Résidence.

— Quelles notices ? dit Lorrain en suivant son hôte dans une pièce.

Le vieil homme cherchait quelque chose dans un placard. Lorrain regarda l'ameublement de la pièce. Il s'exclama :

— Mais vous avez là une salle d'opération ultra-moderne !

— Elle m'a coûté toutes mes économies, dit le Résident. La médecine est mon violon d'Ingres.

Il trouva ce qu'il cherchait et tendit un flacon à Lorrain :

— Avalez-moi ça, dit-il.

Lorrain s'exécuta.

— Comment ne vous a-t-on pas donné de notices ? s'étonna le Résident.

— Parce que... dit Lorrain en s'essuyant la bouche, l'on se désintéresse totalement du sort de ceux qui reviennent en arrière. « Promenez-vous sur Sidar si ça vous fait plaisir, mais à vos risques et périls. »

— On aurait quand même pu vous donner quelques conseils.

— On ne m'en a donné qu'un seul : abandonner mon projet.

Le Résident se gratta la tête.

— Evidemment... Remarquez que je suis dans le même cas que vous. Je me suis même étonné qu'on m'ait prévenu de votre arrivée ! Une initiative désintéressée, sans doute. En fait, je ne suis plus rien ici. Je n'ai plus aucune fonction officielle.

— Mais j'y pense, dit Lorrain, j'ai été piqué par un papillon dans la jungle. Croyez-vous que le Polymors soit employé à temps ? Xaog m'avait rassuré en...

— Ne vous frappez pas, mon vieux. Ces papillons sont naturellement bourrés d'antibiotiques plus efficaces encore que le Polymors. C'est pourquoi leur piqûre est généralement bénigne, si toutefois l'on ne casse pas le suçoir dans la blessure, auquel cas il est très difficile de s'en tirer parce que la pointe adhère aux chairs par des barbules qui ne sont éliminées qu'après un certain temps, trop long pour l'efficacité des antibiotiques. Si vous aviez lu les notices, vous le sauriez.

Il regarda Lorrain de la tête aux pieds. Il ajouta :

— Il y a plus grave. Se promener tout nu au soleil, par exemple.

Il désigna par la fenêtre l'astre étincelant et dit :

— Alpha du Centaure est une étoile de première grandeur. Elle émet je ne sais plus quels rayons... Enfin, vous n'êtes pas resté longtemps exposé !

Lorrain eut un geste de regret.

— J'ai beaucoup de choses à apprendre, dit-il.

Le Résident lui mit la main sur l'épaule.

— Vous avez tout à apprendre. Ecoutez... Vous me plaisez ! Si, si, l'attachement que vous portez à votre robot est l'indice d'une âme chevaleresque ; très vieille Terre, si vous préférez. Aujourd'hui, tant de gens mettent leurs doubles mécaniques à toutes les sauces, les usent sans pitié, quittes à s'en procurer d'autres en cas de malheur. Mais, croyez-moi, rien ne vaut le premier robot, celui qu'on a eu à vingt ans.

Ainsi, moi, que ferais-je d'un nouvel ami qui ressemblerait comme un frère au vieux bonhomme que je suis devenu ? Non, je regretterai toujours l'unique, le seul valable compagnon, miroir de ma jeunesse.

— Pourquoi ne pas faire faire un double d'après votre électro-physio-moule de vingt ans ?

Le Résident secoua la tête.

— Jeune homme, dit-il, de mon temps, il fallait être milliardaire pour conserver toute la vie son physio-moule. Il y a longtemps que le mien a été démonté.

Il claqua des doigts, poursuivit :

— Et puis, le corps d'un robot n'est pas le principal. Le principal, c'est la tête. La tête contient l'âme de nos compagnons de métal. Elle contient les souvenirs, les habitudes, l'affection lentement renforcée par des années de vie commune. Tout cela enregistré sur microfils. La perte de mon robot est irrémédiable. J'ai vu sa tête écrasée.

— Comment est-il mort ? s'enquit Lorrain.

Le Résident se racla la gorge.

— Un robot ne meurt pas de mort naturelle, dit-il. Martial — c'était son nom — a été aplati sous un roc détaché des cimes par la foudre. C'était pendant une tournée d'inspection aux Monts Noirs.

Il montra une petite croix rouge sur la carte épinglée au mur.

— Ici.

Lorrain s'approcha.

— Qu'y a-t-il à inspecter par-là ?

Le Résident eut un rire d'amertume.

— Oh ! un misérable village de Sidariens accroché aux pentes ! C'était pour vacciner ces sauvages qui ne nous en savent aucun gré... C'est pour cela que Martial est mort. Et les Xressiens nous traitent de colonialistes ! Naturellement, j'ai touché la prime, le prix du sang, si j'ose dire. L'Administration fédérale est parfaite, elle a même prévu le chagrin monnayable... J'ai laissé Martial à son tombeau naturel.

Devant la peine du vieil homme, Lorrain ne savait que dire. Il pensait à Lionel. Une tape sur le bras le tira de ses réflexions.

— Je n'ai pas de notices à vous donner, déclara le Résident. Mais je vais vous apprendre tout ce qu'il faut savoir sur la région. Je vous prêterai tout le matériel possible en vue d'une expédition en pays Horb. Je lèverai une petite troupe de porteurs dans le village. Mais ne vous faites pas trop d'illusions, ils vous lâcheront avant les limites du territoire fédéral. Vous tâcherez seulement de vous faire accompagner le plus loin possible ; ils craignent les Horbs comme la peste.

CHAPITRE IV

— Na, na ! une voix sidarienne.

— Ahoma ! une autre.

— Hang ! dix voix ensemble.

— Na, na !

La voix grêle du Sidarien en tête de colonne. Bruit de hache coupant une liane.

— Ahoma !

Chant du Sidarien d'arrière-garde. Bruit d'un fruit en crosse dégringolant de branche en branche.

— Hang ! Chœur de rugissements des porteurs, destiné à éloigner les fauves.

— Na, na !

Chaleur moite, odeur de pourriture des vases stagnantes. Jour verdâtre de cathédrale tombant des cimes végétales.

— Ahoma !

Juché sur les épaules de Xaog, Lorrain épuisé sent la sueur sidarienne lui coller aux cuisses. D'un geste las, il chasse un papillon qui tourne autour de sa tête.

— Hang !

La petite colonne avançait ainsi depuis quinze

jours dans l'inextricable fouillis des jungles du Nord. Ils étaient partis une cinquantaine du village ; mais plusieurs s'étaient enfuis en route, abandonnant les caisses, à mesure qu'on approchait du Grand Fleuve. Seuls restaient fidèles à Lorrain les dix plus courageux, portant dix caisses où Lorrain avait fait rassembler l'essentiel.

Plus on s'enfonçait vers le pays Horb, plus la végétation se faisait dense. Il fallait trouer la jungle à coups de hache, comme un rat qui traverse une meule de foin en la grignotant.

Le dédale était impensable. Par moments, Lorrain se croyait sur le sol et s'apercevait un peu plus loin qu'il le dominait de cinquante mètres et cheminait sur une terrasse de boue séchée, amassée par d'anciennes crues entre des branches énormes.

Il n'y avait pas un sol, mais vingt, cent, les uns au-dessus des autres, portant chacun leurs floraisons, leurs affaissements de terrain, leurs falaises, leurs mares putrides.

Les porteurs passaient d'un niveau à l'autre par des rampes naturelles ou par des branches larges comme des routes, où, géante main ligneuse, chaque nœud de bois retenait la terre, nourrissait une flore parasite. Les pattes griffues des Sidariens évitaient d'instinct les mille pièges tendus par le vide.

Quoiqu'il eût dormi dans des grottes, Lorrain douta d'avoir touché le sol, le vrai, une seule fois depuis son départ. Comment savoir ? Il se demanda comment les indigènes pouvaient reconnaître leur route.

— Na, na !

— Ahoma !

— Na, na !

— Ahoma !

— Stop ! cria Lorrain. Dépose-moi, Xaog, je n'en peux plus.

Le Sidarien obéit. Le Terrien sentit ses bottes patauger dans la fange. Il tituba, se laissa soutenir par le guide.

— Toi, fatigué. Dommage, nous avoir encore cinq heures de jour, déplora Xaog.

— M'en fous, soupira Lorrain en se laissant tomber sur une souche moisie.

Le guide voulut le réconforter d'un vigoureux nanana claqué sur les épaules.

— Merci, Xaog. Tu es bien gentil mais tu me fais mal.

— Moi, gentil ! triompha Xaog en se tournant vers les autres, rassemblés autour du Terrien.

Il appréciait beaucoup les compliments. Jaloux, les autres voulurent y aller de leur nanana pour obtenir un sourire de Lorrain. Mais, conscient de ses prérogatives, Xaog interposa le rempart de son corps.

— Lorrain fatigué !

D'un geste machinal, Lorrain chercha une cigarette et se souvint que la dernière cartouche était enfermée dans une caisse. Puis il s'aperçut qu'il n'avait aucune envie de fumer, qu'il n'avait pas fumé depuis une bonne semaine. Il considéra les visages à larges bouches qui l'environnaient, sentit monter en lui une bouffée de reconnaissance et d'affection pour ses derniers fidèles. Il haleta :

— Ouvre la caisse rouge, Xaog, et donne des cigarettes à tout le monde.

Une ruée vers la caisse rouge ! Nanana ! Des

paumes enthousiastes claquèrent sur les planches de plastique tandis que Xaog, grondeur, distribuait des taloches et des postillons dans toutes les directions pour rétablir l'ordre.

Lorrain ferma les yeux, s'abandonna contre le rugueux dossier formé par la souche. Quelque chose lui tomba sur la main. Il regarda, vit qu'une cosse ouverte déversait sur lui des graines bleuâtres. L'une d'elles s'était nichée entre deux doigts de Lorrain. Il referma les yeux, jouant machinalement avec le petit grain lisse, se sentit bercé par les gloussements de joie des Sidariens, somnola...

— Du feu ! demanda Xaog.

Lorrain s'éveilla en sursaut et fouilla sa poche. Quelque chose gêna son geste. Il regarda sa main : une petite plante verdâtre lui poussait entre le médius et l'index. La graine avait germé en quelques minutes, on voyait les feuilles se déplier à vue d'œil.

— Vite, la trousse ! commanda Lorrain en s'efforçant de ne pas remuer la main tandis qu'une brûlure lui taraudait les chairs.

Le visage hérissé de cigarettes, Xaog bondit, cueillit la trousse de pharmacie posée sur une caisse et s'agenouilla près du Terrien. De sa main gauche, Lorrain saisit une ampoule de verre et en piqua la pointe dans la tige ligneuse déjà longue de cinq centimètres. Les feuilles jaunirent instantanément. La plante maigrit, desséchée. Elle se détacha d'elle-même, laissant une cicatrice étoilée sur la peau de l'entre-doigts.

Lorrain but un peu de Polymors, ferma la trousse et tendit son briquet à la ronde.

CHAPITRE V

Lorrain dominait les gorges de la Rivière Jaune.

En flammes, celle-ci coulait entre d'étranges falaises noircies, rongées en tranches par le courant et ressemblant à d'irrégulières piles d'assiettes rangées les unes à côté des autres.

Le Résident avait bien prévenu le jeune homme. Tous les deux mois, le passage du Satellite 2 provoquait des régurgitations volcaniques dans le haut pays Horb et les sources chaudes de la rivière se chargeaient d'anhydride, en vase clos, dans les grottes des montagnes. Elle charriait alors une forte proportion d'acide sulfurique et, rongeant son lit, bouillait de bulles d'hydrogène naissant.

Il suffisait alors d'un rien, d'un éclair, d'un cristal chauffé par le soleil sur une plage, pour en enflammer la surface.

En se penchant un peu malgré la chaleur suffocante qui montait des gorges, Lorrain vit courir des risées de flammèches jaunes. De temps à autre, un roc tombait des berges surplombantes, et des langues de feu jaillissaient à mi-hauteur du canyon. Plus loin, les méandres ardents se mêlaient aux eaux du Grand

Fleuve. Le confluent formait un immense lac d'or, taché de bleu aux endroits où la proportion d'acide était trop faible pour agir sur les roches.

Serpents d'or et d'azur, les courants s'entrelaçaient en un combat grandiose avant d'être emportés vers le nord où le fleuve triomphant se teintait d'outremer.

— Ça mauvais, dit Xaog. Ça pays Horb. Toi continuer tout seul.

Lorrain tourna un regard résigné vers son dernier compagnon. Quatre porteurs avaient fui pendant la nuit. Cinq grandes caisses de plastique étaient abandonnées à quelques mètres du bivouac.

Le Sidarien fit un pas en arrière, anxieux d'entendre Lorrain lui demander d'aller plus loin.

— Ça pas bon, redit-il.

Secouant les oreilles, il ébaucha un geste d'adieu et détala dans la jungle. Lorrain le vit plonger dans une touffe de palmes. Trois secondes plus tard, sa silhouette humanoïde reparaissait parmi les branches, se perdait bientôt derrière des rideaux de verdure.

Lorrain haussa les épaules et regarda l'autre rive, à cent mètres de là, un peu en contrebas.

— Le pays Horb, murmura-t-il.

Devant lui s'étendait une savane rousse coupée d'arbres à crosses. Par ondulations légères, le terrain se haussait jusqu'aux collines barrant l'horizon.

Lorrain prit ses jumelles et scruta l'étendue, buisson par buisson. Déformables à volonté par simple pression du doigt sur un bouton, les lentilles de plastique lui permettaient de voir des insectes sauter dans l'herbe à deux kilomètres. D'étranges animaux couraient par bonds vers les collines, fuyant ou poursuivant quelque chose. Pas trace de Horbs !

Lorrain déplia sa carte et la consulta un instant. Cent kilomètres au nord ! La factorerie se trouvait très au-delà des hauteurs.

Il fallait passer la rivière. Il souffrit de devoir employer des moyens primitifs alors que le moindre engin mécanique l'aurait propulsé d'un bond de l'autre côté. Mais ces engins étaient réquisitionnés à Gayam pour les besoins du Gouvernement général avant le grand exode.

En soupirant, il ouvrit une caisse, s'empara d'un lance-filin et visa une fissure de la roche sur la rive opposée. Il tira... le filin se déroula en sifflant et son extrémité se ficha solidement au bord du pays Horb. Lorrain fit alors quelques pas en arrière et lia l'autre bout au tronc d'un arbre. Il éprouva la solidité du pont linéaire en se pendant par les mains et en donnant de fortes secousses. Rassuré, il posa les poulies sur le fil et monta son siège en quelques minutes.

Puis il choisit rapidement dans les caisses le minimum nécessaire à une expédition solitaire et bourra toutes ses poches d'objets divers. Il passa une combimaison ignifugée prêtée par le Résident, mit son arme à la bretelle et s'assit sur la selle suspendue aux poulies.

Desserrant progressivement le frein, il se sentit emporté au-dessus du gouffre.

Les quelques secondes nécessaires à la traversée lui parurent étrangement longues tandis qu'il voyait s'enfler, se préciser devant lui les détails du pays Horb où commençait vraiment l'aventure.

En arrivant à la falaise d'en face, il effectua un rétablissement et posa un genou tremblant de fatigue dans une touffe d'herbe rouge. Se traînant à quatre pattes, il fit son premier mètre en pays Horb. Sa silhouette inquiète se dressa au bord de la savane. Il eut conscience de constituer une cible de choix pour tout agresseur.

Il défit sa combinaison ignifugée, la roula soigneusement et la tassa dans sa large poche de flanc. Puis, l'arme au poing, il marcha lentement vers les collines, passant le plus loin possible des bosquets d'arbres à crosses. Chaque pas soulevait de petits nuages d'insectes sauteurs.

Des bruissements d'élytres montaient de chaque brin d'herbe et formaient un immense murmure, fond sonore sur lequel Lorrain n'entendait que les battements de son cœur et le crissements des brindilles sous ses bottes.

Il fit un bon kilomètre sous l'ardent soleil Alpha du Centaure et s'arrêta pour boire un peu. Tête renversée sous la gourde, il ferma ses yeux brûlés de sueur pour mieux sentir la fraîcheur lui noyer la gorge. Il fit trois déglutitions et toussa. Puis il prêta l'oreille, inquiet. Il avait cru... non ! Il s'apprêtait à boire encore lorsqu'un son étrange paralysa son geste. Aigre comme un klaxon enroué, un sifflet Horb venait de trouer la chaleur.

Le Résident lui avait fait écouter des enregistrements de Horbs ; il n'y avait pas à s'y tromper.

Ses jumelles fouillèrent les collines, cherchant les gesticulantes silhouettes dont il appréhendait l'arrivée... Rien !

Tendu, il reprit sa marche et parcourut encore cinq cents mètres avant de tomber dans le piège.

Un concert de sifflets éclata d'un seul coup derrière lui tandis que des dizaines de démons noirs, semblant nés du sol, sautaient dans l'herbe à sa poursuite. Ils avaient dû ramper, profiter des moindres replis de terrain pour le tourner.

Mains nerveuses et tremblantes, Lorrain fouilla la longue poche de sa cuisse droite et en tira l'instrument. Le portant à ses lèvres, il souffla la barbare phrase musicale apprise par cœur chez le Résident : « Rhoar ! Jirrh ! Siiiift ! »

Do, sol, mi bémol, successivement sur les timbres grave, perlé, aigu, d'un orgue, d'une flûte, d'un sifflet à vapeur.

« Je viens en ami ! »

Les Horbs ne ralentirent pas leur élan ; comme montés sur ressorts, ils bondissaient par-dessus les herbes en faisant tournoyer leurs armes. Ils lançaient en avant leurs javelots, les rattrapaient à la course avant qu'ils atteignissent leur but, les passaient d'une main dans l'autre avec une adresse diabolique, sans interrompre leur effrayant concert de trompes, de cors et de sifflets à roulette.

Ils furent à cinquante mètres. Une pluie de javelots s'abattit autour de Lorrain immobile, littéralement encagé par les hampes qui vibraient dans le sol.

« Ne jamais fuir, se répétait Lorrain, ne jamais laisser supposer à un Horb que l'on a peur de lui ! »

Il ferma les yeux et gonflant les joues, répéta sans arrêt la phrase d'amitié : « Rhoar, Jirrh, Siiiift ! Roar, Jirrh, Siiiift ! »

CHAPITRE VI

Couché dans son trou rempli de foin rouge, Lorrain rêvassait, l'arme à sa portée. Ces démons n'étaient pas mauvais diables. Leur accueil en grêle de javelots avait été un honneur en même temps qu'une épreuve pour son courage. En équilibre sur leurs longues pattes de marsupiaux, tête baissée et mains en avant comme poussant un mur invisible, ils l'avaient salué. Puis, sur un coup de sifflet, Lorrain avait vu s'évanouir un par un les javelots plantés autour de lui tandis que les Horbs rebondissaient en tous sens comme des balles, cueillant leurs armes au passage. Puis ils l'avaient saisi, jeté en l'air, rattrapé. Et le Terrien s'était senti emporté de mains en mains comme un ballon de rugby vers les collines, dans une course folle et stridente de sifflets. Il avait cru cent fois retomber au sol, mais, petite boule de muscles, un Horb lancé à toute vitesse était toujours là pour le recevoir à bout de bras et le relancer à d'autres.

Et pourtant... « Ne vous fiez jamais aux Horbs, avait conseillé le Résident, ils changent d'attitude en un rien de temps sans raison apparente. La conquête de leur faveur doit être renouvelée tous les jours, peut-être toutes les minutes. »

Lorrain feuilleta son lexique Horb. Le mot robot n'y figurait pas. Il bâtit un équivalent à l'aide de trois autres mots : homme comme moi... « Où homme comme moi ? » Cela devait suffire à leur faire comprendre ce qu'il désirait. Sans souffler dans son étrange harmonica, il exerça ses doigts à presser les touches correspondant à la phrase musicale, tout en pensant à l'hallucinante mobilité faciale des Horbs : joues gonflées, narines ouvertes, pincées, retroussées, lèvres extensibles, rétractiles, débitant à toute vitesse leurs discours cacophoniques tandis que les paupières aux poils raides papillotaient désespérément sur leurs yeux rouges, verts, jaunes, si lumineux qu'on pouvait se demander s'ils n'avaient pas une lampe allumée à l'intérieur du crâne comme dans une lanterne chinoise.

« Surtout, essayez de les étonner, les Horbs adorent ce qu'ils ne comprennent pas. »

Lorrain eut une idée. Il sortit de son trou duveteux et s'avança dans le village, l'harmonica au poing. Cent têtes d'enfants aux regards bariolés émergèrent aussitôt des nids de foin rouge. Des adultes occupés à renforcer une palissade abandonnèrent leur travail. D'autres cessèrent de marteler des pointes de javelots entre deux cailloux. Ce qu'il supposa être une femme, en raison des quatre bizarres tétines ornant son torse, bondit devant lui et le regarda sous le nez. Un charivari ressemblant à celui d'un orchestre accordant ses instruments l'accueillit sur la place ronde située au centre de la bourgade.

Lorrain ferma les yeux et souffla dans l'harmonica. Les premières mesures de la *Toccata* en ré mineur de Bach planèrent sur le village.

L'effet en fut saisissant. Les Horbs se figèrent en une immobilité de pierre. Lorrain put penser qu'il avait eu une idée de génie. Il reprit son souffle après le point d'orgue mais les choses se gâtèrent dès qu'il entama l'allegro. Des huées de trombone et de sifflets saluèrent la musique divine et Lorrain fut lancé sans ménagements de mains en mains jusqu'à son trou d'herbes, non sans avoir reçu force horions au passage.

Chacun reprit ses occupations sans s'occuper du Terrien tandis qu'il se demandait quelle injure ou quelle obscénité Horb, Jean-Sébastien Bach avait bien pu forger sans le savoir quelques siècles auparavant. La musique pure était dangereuse ici, elle pouvait toujours signifier quelque chose d'imprévu. Lorrain se le tint pour dit et rangea son harmonica avec mauvaise humeur.

Il résolut de se faire oublier quelques heures avant de poser la question brûlante : « Où homme comme moi ?

Quant à sortir du village, il n'y fallait point songer. Deux tentatives avaient déjà été bloquées par des poignes solides malgré les protestations musicales de la phrase d'amitié apprise par cœur.

Que voulaient-ils faire de lui ? Il lui aurait été facile de tirer dans le tas pour s'ouvrir un passage, mais étant donné le mépris absolu du danger commun aux Horbs, sa victoire aurait été de très courte durée.

Fatigué, Lorrain décida d'utiliser au maximum son repos forcé. Il se gorgea de somnifère et s'endormit d'un seul coup.

CHAPITRE VII

Lorrain fit un cauchemar.

Il rêva que mille démons noirs le rouaient de coups, l'écartelaient, lui brûlaient les extrémités avec des pointes de javelot rougies au feu, le tout dans un concert de cuivre, dans un tintamarre de musique de foire que l'on aurait enregistrée à l'envers pour la rendre plus baroque.

« J'ai pris trop de somnifère, pensa-t-il dans un demi-sommeil. » Il voulut se retourner pour prendre une position plus commode et gémit. Les brûlures de ses membres étaient réelles. Son gémissement l'éveilla. Il ouvrit les yeux sur un décor inondé de soleil brûlant qui déformait tout, faisait onduler la couleur jaune, brouillait l'azur du ciel, rendait les rouges douloureux à la rétine. Il gémit encore une fois, secoua sa tête dolente pour chasser de ses yeux les larmes causées par l'éclat des couleurs...

Il vit d'abord ses mains, des mains rouges et gonflées, liées au-dessus de lui à une barre de bois. Il les regarda sans comprendre, serra les dents sous l'effet de la douleur cisaillant ses poignets ligotés.

« Pourquoi suis-je pendu par les mains ? »

Il voulut se mettre debout, hurla de sentir ses chevilles se disloquer, laissa aller sa tête en arrière, vit à l'envers le mufle grimaçant d'un Horb, tandis que la savane fuyait derrière lui à perte de vue.

Secouant les dernières brumes de sommeil ouatant ses pensées, il releva un front lucide et se vit lié par les mains et les pieds à une barre de bois tressautant sur les noires épaules de deux porteurs horbs. Escorte bruyante, d'autres Horbs bondissaient un peu partout en claironnant à qui mieux mieux.

Lorrain se tortilla comme un ver, hurla : « Lâchez-moi ! » eut l'impression de s'arracher les membres et sombra dans l'inconscience.

A toute vitesse, ses cheveux pendants balayèrent les herbes rouges de la savane.

Le ciel s'assombrit. De larges gouttes commencèrent à tomber.

« Sidar est foutue, foutue, foutue, j'aurais dû dire au Résident... j'aurais dû lui dire... Sidar est foutue... Résident, savez-vous pourquoi je suis venu sur Sidar ?... Dites à ces Horbs de me lâcher, sinon Sidar sera foutue, foutue, et eux avec ! Ils ne connaissent pas les Xressiens... Sans Lionel ils sont perdus... Sans Lionel et moi... Résident, je vais vous dire ce que je suis venu faire avec Lionel... Je vais le dire... mais éloignez ces Horbs, ils me coupent les mains. Ah !... »

— Haaaa ! Haaaa ! Haaaa !

La grande voix du prêtre horb tira Lorrain de son abîme.

— Haaaa !

Le prêtre était debout comme un acrobate sur une pyramide d'épaules horbs. Il était debout dans le crépuscule rougeoyant. Il tenait un miroir à chaque main, il captait l'image du Satellite 2 qui se levait à l'horizon.

— Haaaa !

Lorrain regarda autour de lui et se vit couché dans l'herbe. Il remua les jambes. Seules, ses mains étaient encore entravées. Il s'assit doucement.

Partout, silhouettes accroupies, des Horbs silencieux guettaient quelque chose au fond des mares et dans les flaques d'eau du dernier orage.

« Ils pêchent ? » murmura Lorrain.

— Haaaa ! criait le prêtre coiffé de plumes écarlates.

Le Satellite montait lentement au-dessus des collines.

— Haaaa !

Un Horb venait de joindre sa voix à celle du prêtre ; il désignait la lueur rouge surgie au fond de sa petite mare personnelle.

Un autre, non loin de Lorrain, crachait sur une espèce de bouclier de métal et le frottait avec des tampons d'herbe pour en aviver le brillant. Il cria soudain : « Haaaa ! » pour saluer l'image de l'idole écarlate apparue au fond du métal.

Lorrain vit plusieurs Horbs penchés sur des miroirs carrés d'environ cinquante centimètres de côté. Une illumination dissipa son amnésie.

« Les miroirs de Lionel, les miroirs de la factorerie ! »

Les « Haaaa ! » montaient de toutes parts à mesure que le Satellite s'élevait dans la nuit sanglante, à mesure que les Horbs pouvaient contempler son reflet dans tous les objets polis qui leur tombaient sous la main.

A bout de souffle, les Horbs gonflaient leur poitrine comme des outres pour crier de nouveau, sans arrêt, sans arrêt, tandis que le prêtre ponctuait leur litanie en frappant l'un contre l'autre ses deux miroirs comme des cymbales de cuivre.

Quoique rompu de fatigue, Lorrain eut la force de sourire. « Lionel a eu le temps ! Il a eu le temps d'écouler les miroirs ! Si je le retrouve, tout est sauvé. Il faut, il faut que je retrouve Lionel pour sauver Sidar ! »

Tout en remâchant cet espoir jusqu'au vertige, il profitait du délire sacré des Horbs pour scier obstinément contre sa semelle de métal les cordes de ses poignets.

L'œil rouge du Satellite allumait mille feux dans les mares, son reflet flamboyait aux deux poings du prêtre empanaché qui, de ses bras noirs, traçait des arabesques compliquées sur le ciel écarlate.

Par moments, le chœur prenait une force telle que Lorrain se laissait retomber en arrière pour cacher ses oreilles dans l'herbe.

« Ils vont me rendre fou, fou comme eux. Mais que font-ils ? »

Des caquettements se mêlaient au chant, suivis de hurlements tremblés. Les Horbs égorgeaient des volailles et les faisaient tourner à bout de bras, s'inondant mutuellement d'une pluie de sang tiède qui décuplait leur frénésie.

Fermant les yeux, Lorrain s'acharna à user les cordes sur sa semelle. Il entendit le chœur s'enfler, s'enfler, déferler sur la savane, rebondir sur les collines.

Il ouvrit les yeux et vit les Horbs l'environner en dansant. L'un d'eux lui lança une giclée de sang au visage.

Quand le prêtre s'approcha, brandissant une lame courbe, Lorrain comprit qu'on voulait aussi l'égorger pour satisfaire aux rites ; peut-être le faire tourner en l'air, lui aussi, pour vider son sang aux quatre points cardinaux.

Il se mit debout et cria de toutes ses forces :

— Vous ne pouvez pas faire ça ! Imbéciles que vous êtes ! Si vous me supprimez, c'est la fin pour vous ! C'est la fin pour Sidar !

Mais le prêtre approchait toujours. Lorrain tordit ses poignets de toutes ses forces. De rage impuissante, il frappa le sol du pied...

CHAPITRE VIII

Il sentit le sol onduler sous sa botte et tomba sur un genou. Une clarté brûlante envahit le ciel. Les collines se soulevèrent et s'abaissèrent sur elles-mêmes comme des vagues. Des rocs dévalèrent les pentes, tombèrent au milieu des Horbs rugissant de terreur et bondissant de toutes parts comme des balles..

Sans même s'apercevoir qu'il avait réussi à rompre la corde de ses poignets, Lorrain fit comme les autres et courut droit devant lui dans la montagne en hurlant comme un possédé.

Tandis qu'il bondissait le long d'une falaise, le bord abrupt se cliva comme une tranche de gâteau et le jeune homme se sentit suspendu au-dessus du vide, retenu par la ceinture de sa combinaison à la branche d'un arbuste.

Spectateur involontaire et angoissé, il vit au loin la savane enflammée par le débordement de la Rivière Jaune. Sous lui, des Horbs bondissaient au hasard avant d'être aplatis sous les projectiles lancés des collines par le séisme.

Il eut l'impression que l'arbuste se détendait

comme un élastique et le faisait descendre et monter comme une araignée au bout d'un fil. Un corps dur le frappa à l'oreille. Il eut une minute d'inconscience.

Quand il reprit ses sens, tout était terminé. Il tournoyait un peu au bout de sa branche, dominant un paysage tout changé.

Pas un Horb en vue. Çà et là, on distinguait le reflet de miroirs abandonnés. Le seul bruit perceptible était le lointain crépitement des flammes dans la savane. Il se mit à trembler de tous ses muscles tandis qu'une sueur glacée lui coulait dans le dos.

Il resta dans cette situation dix minutes ou une heure... Ce fut sa douleur à l'oreille qui lui rendit la raison. Il se passa la main sur la joue et la ramena souillée de sang. Il eut l'à-propos de prendre un peu de Polymors, dont il trouva un flacon dans sa poche.

Puis il tourna la tête et s'aperçut qu'il était resté tout près du bord de la falaise. Une détente de la jambe le fit tourner face à la paroi. Ses mains saisirent fermement le rameau solide qui l'avait sauvé, le hissèrent à plat ventre sur une herbe rare. Il souffla quelques minutes et leva la tête. Eclairées par la lueur du Satellite 2, les collines lézardées offraient un aspect sinistre.

Il fouilla ses poches et s'aperçut qu'on lui avait laissé, outre la fiole de Polymors, une bouteille d'oxygène, l'harmonica de langage horb et la carte prêtée par le Résident.

Il jeta un coup d'œil en arrière et s'éloigna parmi la pierraille. Il marcha vers le Nord, vers la factorerie, vers Lionel peut-être.

A mesure que l'émotion provoquée par le cataclysme s'estompait en lui, il se félicitait de l'heureux hasard qui l'avait délivré des Horbs.

Il résolut de profiter du désordre et de l'éparpillement de la tribu pour essayer d'atteindre son but dans la nuit même. Le sol crevassé lui imposait des détours sans nombre.

Il avait marché pendant une heure lorsqu'il buta contre une muraille grise obturant en cul-de-sac un défilé. La nuit étant plus sombre, il ne reconnut pas tout de suite la nature de l'obstacle. Cherchant une prise d'escalade, il tâtonna de la main et poussa un léger cri. Il eut l'impression de revivre une émotion connue et fit un bond en arrière.

La muraille était molle. Un Krôtang ! Un ogre !

Le géant gisait plié en deux, les reins cassés par un bon quart de colline effondré. Coincée sous le ventre, une main polydactyle et griffue brandissait encore un arbre à crosses comme un vulgaire plumeau.

Le cadavre incroyable montrait, tordue en arrière par la paroi rocheuse, une face blafarde et grimaçante, large comme une tourelle de navire. Une paupière était fermée, l'autre béait sur un émail révulsé. Du nez camard pendait une stalactite de mucus verdâtre.

Dégoûté, Lorrain se sentit incapable d'escalader l'obstacle. L'instinct fit faire deux pas en arrière à ses jambes. Il buta contre une pierre et tomba sur le dos. Et là, il resta figé, prêt à hurler.

Quelque chose bougeait dans le Krôtang. La peau se distendait sur un point, comme poussée de l'intérieur, revenait en arrière, se gonflait un peu plus bas.

La bête était-elle femelle ? Quelle chose cherchait à sortir.

Une fente s'ouvrit en sifflant, un reflet métallique dépassa du flanc gigantesque, puis une main. Une main humaine !

Armée d'un couteau, la main agrandit l'ouverture, tailla les chairs mortes. Puis elle agrippa les bords de la blessure et tira, hissant un bras.

A moitié rassuré, Lorrain bondit cependant. Il saisit ce bras et tira de toutes ses forces, une tête sortit, une tête humide, aux cheveux agglutinés par des mucosités répugnantes.

— Lionel ! hurla Lorrain.

Le robot eut un grand sourire heureux. Ses lèvres bougèrent sans émettre un son.

— Lionel, mon vieux Lionel !

Lorrain tira encore et tomba à la renverse avec le robot dans ses bras. Dans sa chute, il sentit que quelque chose n'allait pas, n'était pas normal... Lionel n'était pas... Il regarda.

Lionel était coupé en deux, en diagonale, suivant la ligne d'un imaginaire baudrier allant de l'aisselle gauche à la hanche droite. Toute la partie inférieure de son corps manquait.

Avantage du robot sur l'homme : la tête et le bras droit vivaient toujours, l'autre bras paraissait inerte. Des écheveaux de fils pendaient de la blessure.

Lionel souriait toujours en clignant des yeux. Lorrain prit la main vivante et la serra de toutes ses forces.

— Eh bien, mon vieux, que s'est-il passé ? dit-il niaisement.

Les lèvres de Lionel s'agitèrent, la main quitta celle de Lorrain et montra l'atroce mutilation.

— Oui, bien sûr, ton poumon est crevé, tu ne peux pas parler, le plaignit Lorrain en lui essuyant le visage.

Il se pencha et glissa les doigts dans la carcasse bourrée de mécanismes compliqués. Il toucha les lambeaux élastiques de la poche à air baptisée poumon et destinée à la phonation.

— Mais tu es réparable, Lionel. Tu es certainement réparable. Je vais aller chercher l'autre moitié dans le corps du monstre.

Lionel secoua la tête, son doigt fit « non » dans l'air. Ses lèvres articulèrent « inutile » !

— Tu es sûr ?

La tête opina vigoureusement. La main retint par la ceinture le Terrien qui se dirigeait vers la bête morte.

Lorrain réfléchit, il se baissa soudain.

— Attends, Lionel, tu vas pouvoir parler un peu.

Il plongea la main dans la blessure, tira un peu, jura. Il se mit à genoux et prit sa lampe. Tête penchée, il chercha quelque chose, sortit enfin un tuyau.

— Je vais souffler dans ta trachée, dit-il. Quoi ?

Les lèvres muettes cherchaient à lui faire comprendre un mot.

— Quoi ? C'est sale ?

La tête hocha en avant.

— Oh, tu sais, dit Lorrain, nous n'en sommes plus à une saleté près. J'ai pris du Polymors tout à l'heure... Prépare-toi à parler, je souffle.

Il colla ses lèvres au tuyau et gonfla ses joues. Un

couac retentissant sortit de la gorge du robot. Inquiet, Lorrain dressa la tête. Lionel riait en silence.

Lorrain s'étonna de voir rire un individu coupé en deux, un individu à la bonne mine, aux joues pleines et bien rasées, au visage exempt de toute marque de maladie ou de fatigue.

Il est vrai que le visage ne changerait jamais, quelles que soient les circonstances. Ses contours étaient fixés une fois pour toutes, modelés en plastique à l'image d'un Lorrain plus jeune de quatre ans. Quant à la bonne mine, elle ne pouvait être ternie par aucun accident, la transparence rosée de la peau ne venait pas d'un bon état circulatoire, mais d'un colorant que même la mort ne pourrait altérer.

— Je vais souffler moins fort, dit Lorrain. Parle, Lionel.

Il reprit le tuyau entre ses lèvres. Une voix étrange et bousculée par un courant d'air mal réglé surgit de la bouche de Lionel.

— Il faut d'abord... aller... ha la f...hactorerie... sss !

Lorrain dressa un visage souriant. De l'avoir entendu parler, il trouvait Lionel plus vivant.

— Je vais te porter, dit-il. Ce qui reste de toi ne doit pas être trop lourd.

Il hésita.

— J'ai une idée, dit-il.

Il se tortilla pour fouiller sa poche dorsale et brandit une bouteille de métal.

— Tu as compris ?

Lionel acquiesça des yeux. Lorrain se baissa et fixa le goulot pointu de la bouteille dans la trachée de plastique.

— Je n'aurai pas besoin d'oxygène avant demain, dit-il. Et je sais que tu en as une réserve à la factorerie.

Il serra la bride et se releva satisfait.

— Essaie pour voir !

De sa main valide, Lionel tourna légèrement la manette de sortie du gaz.

— Tu as toujours des idées épatantes, dit-il à Lorrain d'une voix normale.

Par économie, il ferma aussitôt après la dernière syllabe.

CHAPITRE IX

Boîte cubique perchée à mi-pente d'une colline, la factorerie fortifiée brillait de tous ses hublots dans la nuit. Des ombres noires bougeaient derrière les vitres.

— Arrête, dit Lionel accroché d'une main à la ceinture de Lorrain.

Ils débouchaient d'un val obscur et tourmenté de reliefs inquiétants. Fatigué d'une marche de plusieurs heures, Lorrain s'appuya contre un arbre tandis que le robot se laissait glisser sur le sol.

— Il y a du monde à la maison, dit Lionel. Des Horbs, sans doute.

— Comment ont-ils pu entrer ? Le tremblement de terre a peut-être...

— Non, dit Lionel. La solidité est à toute épreuve. La factorerie aurait pu dévaler la pente, être engloutie dans une crevasse, mais pas se briser. J'avais tout simplement laissé la porte ouverte. Le Krôtang m'a eu par surprise à deux pas de chez nous.

Lorrain s'assit en soupirant.

— Dieu sait ce qu'ils ont pu commettre comme dégâts en plusieurs mois.

— Peu importe, pourvu qu'il reste assez de matériel pour me réparer ! Quant aux miroirs, j'avais presque tout fini d'écouler.

Lorrain haleta :

— Laisse-moi me reposer un peu, j'ai un moyen de leur faire vider les lieux.

— Tu es sûr ? demanda le robot.

— Oui. Ils adorent la musique de Bach, enfin... pas toute. Et maintenant, raconte-moi tout ce qui...

— Non, refusa Lionel, pas encore. Tu vas t'épuiser en parlant. Je te dirai tout ce que tu voudras quand nous serons tranquilles chez nous. Tu auras peut-être besoin de toutes tes forces contre les Horbs. En attendant, tu ferais bien de prendre un peu d'oxygène.

Lorrain se pencha vers son double mutilé.

— Envoie ! dit-il simplement.

Lionel ouvrit la manette et desserra les lèvres. Lorrain aspira lentement l'haleine vivifiante de son ami. A la quatrième inspiration, il se sentit mieux et se leva. Lionel se cramponna à sa ceinture.

— Allons-y, souffla Lorrain.

Il ramassa son fusil et monta lentement le flanc de la colline. Ses pas dérapaient sur de fuyants graviers, faisaient débouler des pierres jusqu'au val. Des sifflets et des mugissements de sirène éclatèrent dans la factorerie. Des ombres bondirent à l'extérieur.

— Ils nous ont entendus, c'est le moment, dit rapidement Lorrain.

Il tira son instrument et lança les premières mesures de la *Toccata* en ré mineur, tandis que les Horbs dévalaient la pente à toute vitesse. Des javelots sifflèrent.

— Ça va, pensait Lorrain sans s'arrêter de jouer.

Un Horb ne manque jamais son but, il le savait. S'il entendait siffler les armes, c'est que les Horbs le manquaient intentionnellement, sinon il n'aurait rien entendu du tout, la poitrine criblée de pointes.

En quelques secondes, une dizaine de sauvages furent sur eux, mais arrêtés à deux mètres, ils restèrent figés par la musique. Figés d'admiration, de stupeur, de quoi ? Impossible de savoir. De toute manière, l'effet escompté s'était produit.

Alourdi du poids de son robot, Lorrain monta lentement vers la factorerie. Les indigènes s'écartaient en silence sur son passage.

— C'est incroyable, souffla Lionel.

Arrivé à l'allegro, le jeune homme interrompit prudemment son concert et reposa un peu sa gorge irritée par l'effort. Ils avaient dépassé les Horbs d'une dizaine de mètres. Ceux-ci commencèrent à s'agiter. Lorrain s'empressa de reprendre l'adagio.

Il dut recommencer cinq fois avant d'atteindre la factorerie.

La porte claqua au nez des Horbs et Lorrain s'étendit aussitôt tout habillé sur un lit de camp après un sourire à Lionel déposé sur une chaise.

— Où sont tes jambes ? balbutia-t-il.

Deux secondes plus tard, il dormait à poings fermés, veillé par une moitié de robot, tandis que des mufles noirs et grimaçants s'écrasaient aux vitres des hublots colorés par l'aurore.

CHAPITRE X

Lionel regarda son maître endormi et laissa dériver sa pensée. Lorrain lui faisait pitié. Il avait besoin de sommeil, de nourriture, d'oxygène... Quelle faiblesse !

Quoique coupé en deux par les mâchoires du Krôtang, Lionel se sentit plus fort et plus vivant que Lorrain. Une telle blessure aurait tué l'homme. Elle n'avait que diminué le robot. Physiquement du moins, car mentalement, Lionel était intact. Aucune hémorragie fantastique n'avait privé son cerveau d'une circulation sanguine nécessaire à sa vie. Son cerveau n'avait besoin pour fonctionner que d'une pile minuscule fixée à la base du crâne, une pile faite pour durer cent ans.

Quand les dents du Krôtang l'avaient cisaillé, Lionel avait senti dans tout son organisme un immense désordre de courts-circuits et son crâne avait vibré sous la tension de courants trop forts tandis que ses bras se crispaient en réflexes de défense voulus par ceux qui l'avaient fabriqué. Mais cela n'avait pas mérité le nom de souffrance ; vertige et désarroi, tout au plus ! Pas la souffrance qui fait hurler les êtres de chair, qui les anéantit parfois.

Et puis, les fusibles de sécurité avaient sauté. Le vertige avait disparu, laissant au cerveau de Lionel le parfait fonctionnement de ses facultés : forces infinitésimales mais efficaces actionnant des microfils enregistreurs de mémoire, bobines microscopiques animant des rubans délicats chargés d'électricité statique et dont la juxtaposition provoquait des images, des idées-forces, toute une vie électromagnétique plus parfaite, peut-être, que la vie naturelle.

Cette vie n'était pourtant pas absolument invulnérable, et Lionel avait senti pendant des mois que les acides stomacaux du Krôtang rongeaient peu à peu ses organes, le métal de ses nerfs et le barrage échelonné de ses conjonctifs de plastique. Un jour, son bras gauche était resté inerte. Il n'avait plus eu qu'un membre à sa disposition pour tâtonner autour de lui, pour chercher une arme capable de tuer le monstre de l'intérieur.

Il avait trouvé cette arme en lui-même, avait eu la force de s'arracher un fragment de colonne vertébrale effilé par les acides et s'était efforcé de tailler au-dessus de lui en direction du cœur.

Moitié d'être de métal, il avait bousculé autour de lui des débris animaux en cours de digestion, avait cisaillé des muqueuses solides, des tuniques musculaires, parois de sa prison, et c'était un monstre pratiquement condamné qu'avait achevé le séisme.

Jamais un être de chair n'aurait pu résister à cette aventure. Même le Jonas légendaire n'était resté que trois jours dans le corps du Léviathan.

Lionel regarda sa main. Il l'ouvrit, la ferma,

s'étonna de son fonctionnement parfait, s'émerveilla du prodige qui faisait voyager dans ses nerfs un courant agissant sur la contraction ou le relâchement de ses muscles élastiques. Des muscles qui n'avaient besoin ni d'oxygène, ni de nourriture, ni de repos, mais seulement d'un peu de courant induit pour attirer entre elles les mille plaquettes enfilées en collier constituant chaque fibre et développer des microforces de contraction d'un total fantastique.

CHAPITRE XI

— Où sont tes jambes ? répéta Lorrain en s'éveillant quelques heures plus tard.

— Le Krôtang les a soit recrachées, soit avalées, dit le robot. Je pense plutôt qu'il les a recrachées car je n'ai pu mettre la main dessus en les cherchant dans le noir de son estomac.

— Alors elles ne doivent pas être loin, déclara Lorrain. Tu m'as dit que le monstre t'avait attaqué à deux pas de la factorerie. Il faut les chercher.

— Il y a plus urgent, dit Lionel. L'intérieur de ma carcasse est encore souillé de suc gastrique. Les acides vont continuer à ronger mes organes si nous n'opérons pas un nettoyage.

Lorrain se leva et gémit, courbatu.

— Pourquoi m'as-tu laissé ?...

— Je t'ai laissé dormir parce que tu étais trop fatigué.

Lorrain haussa les épaules et regarda autour de lui.

— Où y a-t-il de l'eau ? demanda-t-il.

— Je suppose que la réserve est intacte dans la chambre du fond. Approche-toi de moi. Je vais reprendre ta ceinture pour te guider.

Le jeune homme obéit et véhicula Lionel jusqu'à la porte donnant sur la pièce voisine. Ils passèrent ensemble plusieurs couloirs ; tout était pratiquement vide. Le Terrien s'en étonna.

— Je ne t'ai pas tout dit, avoua Lionel. J'avais presque tout chargé dans la fusée en vue de mon prochain repli sur Gayam. Mais j'ignore où est passée cette fusée. J'ignore où sont mes jambes. Le séisme a tout bouleversé aux environs. Sache que la factorerie n'était pas placée là où elle se trouve maintenant, à mi-pente. Elle était au sommet de la colline. Je pense donc qu'il ne faudra pas trop s'attarder à chercher mes jambes ou la fusée si nous ne les trouvons pas tout de suite.

Ils entrèrent dans une salle d'eau et Lorrain déposa Lionel dans la baignoire. Il tourna les robinets. L'eau jaillit.

— La réserve est intacte, constata le robot. J'espère que l'endiomètre fonctionne toujours.

Lorrain laissa l'eau monter d'une vingtaine de centimètres.

— Il faudrait du... un sel pour neutraliser...

Lionel sourit.

— C'est facile, dit-il. Sidar met tout à notre disposition. Les graviers d'alentour sont des débris de fluorine et comme le constituant principal du suc gastrique des animaux sidariens est l'acide sulfurique, tu...

— J'ai compris, dit Lorrain en marchant vers la porte. J'aurai vite fait.

— Prends garde aux Horbs, lui lança Lionel. Prends une arme au râtelier près de la porte.

Son maître était à peine sorti qu'il regretta de lui

faire courir un risque inutile. L'eau pure suffisait à diluer assez largement l'acide sulfurique pour le rendre inoffensif. Il appela :

— Lorrain !

Mais il entendit claquer la porte extérieure. Inquiet, il attendit, tout en brassant largement l'eau pour rincer son corps des impuretés qu'il contenait.

Quand il jugea suffisant son nettoyage, il crispa sa main sur le rebord de la baignoire et se hissa hors du bain. Il se traîna ensuite sur le plancher par tractions successives aux angles des meubles et des murs.

Angoissé, il entendit à l'extérieur un concert de sifflets horbs suivis d'un grand choc contre les parois de la factorerie. Alors, il changea son mode de locomotion et roula sur lui-même pour atteindre plus vite la porte.

Il arriva devant elle et resta impuissant à considérer la poignée à un mètre en l'air. Il regarda autour de lui et, de sa main valide, s'empara de la chaise où il avait passé la nuit. Couché sur le dos, il brandit la chaise à bout de bras et actionna la poignée avec le dossier.

S'aidant du coude, du menton et des dents, il ouvrit la porte et sortit.

Lorrain gisait un peu plus loin. Trois javelots lui perçaient la poitrine. Une bonne centaine de Horbs escaladaient la colline en poussant des stridences hostiles.

Lionel avança le plus vite possible vers son maître et colla son oreille sur sa poitrine. La mort avait dû être immédiate. Une mare de sang inondait le gravier. Dans sa chute, Lorrain avait donné de la tête contre un angle de la factorerie (le choc entendu par Lionel). La base du crâne était en bouillie.

« Sauver Lorrain, pensa le robot, il faut absolument sauver Lorrain ! J'ai eu tort de ne pas le laisser parler hier soir. Il ne m'a même pas dit où il avait caché le... Sauver Lorrain, nom d'un chien ! Ou bien Sidar est foutue ! »

Le robot jeta un regard en contrebas. Malgré leur agilité, les Horbs peinaient à monter la pente de gravier. Ils progressaient en trois colonnes. Lionel s'empara du fusil de Lorrain qui gisait sur le sol et tira successivement sur les trois chefs de file. Trois sifflements, trois cadavres boulant en arrière sur les autres, trois groupes momentanément désorganisés...

Lionel rentra aussitôt la tête à l'abri de la terrasse naturelle où nichait la factorerie. Une cacophonie furieuse monta du val, mais aucun javelot ne fut lancé, les Horbs ne tirant qu'à coup sûr. Lionel jugea qu'il avait le temps d'agir et de toute sa force ramassée dans son bras unique, s'aidant des saillies des murs, poussa le cadavre jusqu'à l'intérieur du refuge, se retourna pour descendre à bout portant le premier Horb bondissant sur la terrasse et eut juste le temps de pousser la porte derrière lui.

DEUXIEME PARTIE

CHAPITRE PREMIER

Insoucieux du vacarme des Horbs assiégeant la forteresse, Lionel resta un moment immobile. Puis il roula sur lui-même jusqu'à la pièce voisine et revint bientôt avec un rouleau de corde. Péniblement, il lia le cadavre par un poignet, déroula la corde et alla en passer l'autre extrémité autour d'un tuyau métallique longeant le mur d'une petite pièce.

Coinçant son buste dans un angle, il tira sur la corde et fit glisser le mort jusqu'à la petite pièce où il l'enferma.

« Première chose, pensa Lionel, mettre Lorrain dans la chambre froide. C'est fait ! Deuxième chose : réparer mon bras gauche. Etre cul-de-jatte, passe encore, mais que peut faire un cul-de-jatte manchot ! »

Il se hissa par le plan incliné menant à l'étage, prit au passage un miroir destiné primitivement au troc avec les indigènes et pénétra dans un atelier où se trouvait une installation mécanique assez perfectionnée.

S'aidant du miroir, il travailla sans arrêt pendant des heures sur lui-même, sacrifia l'enveloppe épidermique de son épaule, dénuda une partie de son squelette métallique, déconnecta des circuits, coupa sans regret des fils inutiles pendus à son thorax mutilé, s'en servit pour raccorder les réseaux endommagés...

Au bout de deux jours d'un labeur continuel, il put remuer son bras gauche d'une façon normale.

Satisfait, il bourra de fibre isolante les interstices de son articulation scapulaire et rajusta la peau sans trop de précision inutile.

Puis il marcha sur les mains, avec une aisance due à sa grande force musculaire et put travailler deux fois plus vite, bondir sur les établis pour décrocher les outils nécessaires, passer d'une pièce à l'autre en laissant osciller son thorax entre ses bras marcheurs.

Comme il n'était pas question, faute de matériel suffisant, de se fabriquer des jambes de rechange, il confectionna un assemblage de tubes ressemblant à une crinoline montée sur roulettes, y adapta un petit moteur et plaça son torse au sommet, dans une cavité faite à la mesure de sa mutilation.

Deux autres jours de travail suffirent à relier directement le moteur à son cerveau par un prolongement de sa moelle épinière de polystyrène. Moelle imprégnée de métal conducteur suivant des tracés aussi complexes et aussi microscopiques que les milliers d'axones d'un homme véritable.

Les roues de la crinoline de soutien obéirent désormais directement à sa volonté. On aurait pu dire qu'elles faisaient partie intégrante de lui-même.

L'ensemble n'était certes pas parfait, mais largement suffisant pour lui permettre de déambuler et de travailler normalement à l'intérieur de la factorerie.

Il se divertit à parcourir plusieurs fois toutes les pièces de sa demeure à des vitesses variables et stoppa enfin devant le calendrier automatique situé dans la première salle.

« Déjà une semaine ! pensa-t-il. Il est temps de s'occuper de Lorrain. »

Comme tous les robots, il avait des notions de médecine assez étendues. Chaque machine androïde était en effet le médecin particulier de son maître de chair, suivant les lois fédérales. Et Lionel ne faisait pas exception à la règle.

Il pénétra dans la chambre froide et, hissant le cadavre sur une table, retira les trois javelots de la chair glacée. Puis il examina la blessure du crâne après s'être inondé la main de Polymors. Au bout de quelques minutes, il hocha la tête. Une sanglante bouillie d'os et d'encéphale rendait inutile une intervention pour laquelle il n'avait pas le matériel suffisant.

Ranimer, ressusciter Lorrain paraissait momentanément impossible. Lionel frappa affectueusement l'épaule du mort. Il faut d'abord que je te ramène à Gayam, pensa-t-il.

Le robot se perdit en réflexions. Emmener Lorrain signifiait fabriquer un frigidaire portatif, passer au milieu des Horbs, traverser la Rivière Jaune, affronter les jungles, les fauves, retourner à Gayam et se faire délivrer une prolongation d'émancipation par les autorités. A condition d'arriver à temps ! Et sans jambes !

Huit jours plus tôt, Lorrain lui avait touché un

mot de la situation à Gayam. Un pagaille noire, une administration j'm'enfoutiste, une atmosphère d'inertie et de panique !

Lionel ne se faisait pas d'illusions. Les autorités déclareraient le citoyen Lorrain 1613 A.C. mort, ne voudraient pas entendre parler d'une résurrection médicale, ne consentiraient même pas à déranger le moindre chirurgien local. Quant au robot sans maître, ce serait automatique et d'ailleurs légal : à la casse !

« Jamais ! » pensa Lionel. Non qu'il éprouvât de la crainte à cette idée, mais parce qu'il trouvait cela illogique et bête, et surtout parce qu'il savait que sur sa vie et celle de Lorrain reposait le sort de Sidar.

Il regarda le mort blafard sous la lumière et eut un petit sourire. Il réfléchissait à toute vitesse. Il aurait presque pu entendre le soyeux ronron de ses microbobines de pensées tournant à grande allure sous son crâne.

« Nous nous en tirerons, mon vieux, mais il faudra que tu me prêtes tes jambes ! »

CHAPITRE II

Lionel regarda la chambre froide avec satisfaction ; elle était transformée en véritable salle d'opération.

Des lampes germicides luisaient au plafond, éclairaient de leur lumière bleutée le corps allongé de Lorrain ; un corps refroidi à moins cinquante degrés.

Lionel prit la pointe scalpel et incisa les chairs sans hésiter en suivant la crête iliaque, un peu au-dessous de la ceinture. Il détacha rapidement du bassin les muscles abdominaux, le grand oblique, et les confia aux premiers écarteurs automatiques.

Puis, faisant basculer le corps sur son axe comme un poulet mis en broche, il attaqua l'aponévrose du grand dorsal.

Il travailla longtemps, minutieusement, disséquant les nerfs et les vaisseaux, ne les coupant jamais avant de les avoir marqués de petits repères métalliques montrant des initiales symboliques : S1, S2, Ale, Ali, Vle, Vli, de couleur blanche, rouge ou bleue.

L'anatomie de Lorrain se séparait progressivement en deux tandis que chaque lèvre de la plaie s'étoilait de petits signes multicolores et gais à l'œil comme une garniture d'arbre de Noël.

Enfin, le robot désarticula la cinquième vertèbre lombaire du sacrum et, faisant le tour de la table, tira le mort en arrière par les épaules. Tout le torse recula, entraînant à sa suite l'extrémité blanchâtre et pédiculée de la moelle épinière, tandis que le bassin et les jambes restaient seuls sous la lumière crue, comme de la viande à l'étal.

Lionel passa une bonne heure à vider les veines une par une par électrolyse. Puis il chassa les derniers caillots de sang noir par un rapide courant d'eau salée.

Enfin, il prit une bizarre poche élastique sur une table voisine, une poche prolongée de tuyaux translucides. Il adapta chaque tuyau à chaque vaisseau après avoir fait sauter les marques métalliques au fur et à mesure, remplit la poche molle d'un liquide rouge et toucha de son scalpel deux points métalliques situés sur l'étrange récipient : après une étincelle, le faux cœur se mit à battre une fois, deux fois, puis régulièrement, au rythme d'un cœur normal, tandis que le sang synthétique circulait dans les jambes mortes, sans avoir aucun effet pour l'instant.

« A mon tour, pensa le robot. »

Il se pencha en avant et cueillit l'extrémité d'un fil métallique pendant sous la crinoline lui servant de soutien. Un geste rapide : la capsule marquée S1 tomba sur le sol. Serrage d'une vis, adaptation d'une agrafe radio-active destinée à éviter la dégénérescence des tissus nerveux : le nerf artificiel formait une parfaite « anastomose-épissure » avec le nerf humain.

Lionel agit de même avec tous les fils qui pendaient sous sa carcasse. Puis il considéra son travail.

Les jambes de Lorrain étaient toujours étendues sur la table, reliées d'une part au cœur artificiel par les vaisseaux, d'autre part à Lionel par les nerfs de métal. L'ensemble avait l'aspect bizarre de certains tableaux d'avant-garde : désordre savant d'organes de chair et de métal.

Lionel prit la moitié supérieure de Lorrain et la poussa dans un placard où la basse température resterait constante. Il claqua la porte et pressa un bouton pour réchauffer progressivement la pièce.

Au bout d'un quart d'heure, il toucha les jambes immobiles devant lui et les trouva tièdes.

La jambe gauche sursauta sur la table, animée par le courant descendu le long du nerf métallique.

Le robot renouvela l'expérience avec l'autre membre, puis voulut danser, courir. Et, directement commandées par le cerveau de Lionel, les jambes s'animèrent en un ballet fantastique à plat sur la table d'opération.

....

Les jours suivants, regrettant la plus grosse partie du matériel emballé dans la fusée disparue, Lionel s'occupa de solidariser le bassin de Lorrain à sa colonne vertébrale métallique par quelques vis solides. Mais il se garda bien de se séparer de sa crinoline à roulettes et s'exerça pendant des heures à mouvoir ses nouvelles jambes, aidé par son support, comme un enfant apprenant à marcher.

Les membres de chair avaient des mouvements saccadés, maladroits. Il leur fallut un certain temps pour habituer leurs fibres nerveuses aux impulsions magnétiques du cerveau-robot.

Ce qui irritait le plus Lionel, c'était l'obligation de s'interrompre souvent pour les reposer. Il les touchait de la main, les trouvait brûlantes et devait rester immobile de longs moments. Il mesura mieux la servitude imposée aux hommes de chair par les exigences de leur fragile nature.

Il lui fallait aussi respirer, manger, filtrer le sang de ses impuretés. Le faux cœur était là pour cela, machine prévue pour entretenir la vie des blessés graves ou des grands malades lorsque d'importants organes étaient lésés ; machine indispensable à toute clinique particulière, surtout dans les lointaines colonies où les médecins étaient rares.

Ce faux cœur faisait office de poumon, d'intestin, de rein, de foie... et comportait même un organisme particulier pour normaliser la circulation lymphatique.

Il suffisait d'y emboîter tous les dix jours une cartouche d'entretien contenant diverses ampoules, et quelques filtres destinés à oxygéner, glucoser, nettoyer le sang artificiel. Il fallait aussi renouveler tous les jours la quantité d'eau nécessaire en vissant l'embout d'un récipient dans une cavité prévue pour recevoir le goutte à goutte indispensable.

Bref, il eût été plus logique d'appeler l'appareil : organisme annexe. Le mot « cœur » avait prévalu en raison de sa fonction la plus apparente, quoique solidaire des autres.

Au bout de deux semaines d'exercice, Lionel sentit ses réflexes assez éduqués pour pouvoir marcher sans support. Après avoir quitté sa crinoline, il courut, sauta sans aucune gêne dans les couloirs de la factorerie.

Il lui restait à fabriquer le sac frigorifique devant conserver les restes de Lorrain. Pour cela, il lui faudrait monter sur le toit et s'emparer d'un vaste coupon de toile solaire.

Cette toile épaisse, couvrant tout le bâtiment, était une trame complexe de fils de germanium superficiellement imprégnés de bore. Pendant la journée, son exposition au soleil brûlant de Sidar rechargeait les piles de la factorerie. Par endroits, elle était doublée d'une deuxième toile parfaitement imperméable faite de micro-réseaux, de condenseurs, et d'évaporateurs d'ammoniac en vase clos chargés d'entretenir la fraîcheur constante de la factorerie. En fait, c'était un véritable frigidaire absorbant la chaleur d'un côté et dégageant du froid de l'autre.

Tous ces procédés n'avaient rien de bien nouveau, étaient connus depuis des siècles de civilisation terrienne. Leur seule originalité était leur perfection microscopique due au grand progrès des micro-manipulations industrielles.

Craignant les Horbs, Lionel résolut d'attendre la nuit pour sortir.

Pendant ses loisirs forcés, il passa en revue tous les écueils qu'il avait à éviter pour réussir son voyage. Il lui faudrait refaire en sens inverse, et seul, le chemin parcouru par son maître... puis se faire passer pour lui. Une idée le frappa : « Il faut que je puisse parler ! »

En effet, il n'était pas question de s'enfoncer la main sous le thorax et de tourner impudemment la manette d'une bouteille d'oxygène sous le nez des autorités pour décliner une identité humaine !

Lionel chercha partout les pièces nécessaires à la confection d'un poumon de phonation. Hélas, plus rien ne pouvait servir. L'atelier n'était jonché que de débris et de morceaux de métal inutilisables.

Il faillit renoncer lorsqu'il pensa aux vêtements du mort. Il les fouilla pour s'assurer qu'ils ne contenaient rien d'utile à son dessein.

Il en tira l'harmonica nécessaire à se faire entendre des Horbs, une carte de la région, des fioles de Polymors et divers objets utiles à une randonnée en brousse, c'était tout.

« J'aviserai plus tard », pensa-t-il.

Il déplia la carte prêtée à Lorrain par le Résident pour étudier son itinéraire. Ses yeux se fixèrent sur une croix rouge tracée loin du pays Horb, au milieu des Monts Noirs. Il se demanda ce que Lorrain avait bien pu signaler à cet endroit et tint la carte à bout de bras pour mieux considérer l'ensemble. La lumière d'un hublot tomba sur le verso de la feuille, éclaira quelque chose par transparence exactement derrière la croix rouge.

Lionel retourna la carte et lut : 7.BC.2015, dernière demeure de mon robot Martial 6738 A.B., écrasé par la chute d'un roc.

« Voilà, pensa Lionel, voilà ce qu'il me faut ! Le cadavre de ce Martial n'est tout de même pas écrabouillé au point de ne pouvoir me fournir quelques pièces détachées. Pourquoi pas un poumon ? »

Il résolut de faire un crochet par le prolongement oriental des Monts Noirs avant de se rendre à Gayam.

CHAPITRE III

Le rouge désert drapait ses sables à l'infini, les faisait bouillonner en plis mauves aux pieds de pitons gigantesques surgissant çà et là comme des sentinelles.

Minuscule silhouette voyageuse, Lionel cheminait vers l'est. Sa route sinuait prudemment à distance des pitons qui, habités de bêtes troglodytes, se hérissaient à son passage d'une chevelure de tentacules criards ondulant désespérément vers lui comme vers une proie.

Le robot se rassurait à mesure qu'il s'éloignait du pays Horb. Il avait quitté de nuit la factorerie par prudence, et la chance lui avait évité des rencontres dangereuses. Il craignait surtout pour son précieux fardeau, ce sac contenant les restes de Lorrain, ce sac dont la moindre déchirure aurait signifié la mort définitive de son maître.

« ... Et la perte de Sidar, se répétait-il. »

De temps en temps, il vérifiait d'un regard sur le thermomètre la température du paquet attaché à son dos. Jusqu'ici, tout avait bien marché. La vive lumière du soleil Alpha entretenait un froid suffisant sous la toile frigidaire. Mais la nuit, Lionel devait brancher cette toile sur sa propre pile, sachant fort bien qu'il abrégeait sa vie d'un mois par heure de dévouement.

Il regrettait ses jambes de robot, mesurait mieux la faiblesse des hommes de chair, quand il devait s'arrêter, masser les muscles, vérifier leur degré de fatigue en consultant sous un volet de son torse les cadrans indiquant le taux d'urée et d'acide lactique charriés par le sang artificiel.

La mort des jambes empruntées à Lorrain aurait anéanti tous ses projets. Il n'avait plus que douze cartouches d'entretien pour assurer cent vingt jours de fonctionnement du faux cœur. Il fallait coûte que coûte atteindre Gayam dans les délais prévus.

Dans l'immédiat, il était urgent de franchir le désert en quarante-huit heures pour atteindre le cours moyen du grand fleuve. Lionel se félicita presque de la mort de Lorrain. Le cadavre était moins embarrassant que le vivant. Sans l'accident, il aurait fallu traîner un Lorrain fatigué, assoiffé, affamé, exposé à toutes sortes de maladies. Il aurait été impossible de passer par le désert. Quoique irrité par les servitudes dues aux jambes de chair, le robot jugea que ces servitudes auraient été décuplées par les exigences physiologiques d'un homme complet.

Une gêne tira Lionel de ses réflexions. Ses pas se faisaient plus raides, il s'arrêta et remonta l'étoffe de son pantalon. Il toucha ses mollets brûlants et hocha la tête. Une heure de repos et de massage était nécessaire, une heure de perdue ! Il déposa le sac frigidaire en plein soleil et, ôtant sa combinaison, exhiba sa nudité mi-charnelle mi-mécanique.

Puis il fit courir ses doigts de plastique sur ses chevilles brûlantes, remonta le long des jambes en longues caresses bienfaisantes, de plus en plus appuyées.

A une cinquantaine de mètres derrière lui, les tentacules issus d'un roc se démenaient en une étrange danse de désir dans sa direction. Habitué à leurs cris, Lionel ne leur accordait pas un regard et ne voyait pas que l'effort des étranges animaux les étirait progressivement vers lui.

Quand le premier fouet de chair lui claqua sur la nuque, il eut un sursaut en avant mais, trahi par la lassitude de ses jambes, il trébucha, glissa sur la pente fuyante d'une levée de sable rouge. Dix lanières vivantes ligotèrent aussitôt son torse et son bras gauche tandis que, montant des rocs, un concert de cris aigus déchirait le silence du désert.

Lionel se sentit irrésistiblement tiré vers les rocs. En un éclair, il aperçut son talon pris dans la bretelle de son fusil. Ramenant sa jambe vers lui, il saisit l'arme de son bras libre et d'un tir continu, au hasard, il balaya l'espace entre lui et les rocs.

La traction fatale mollit un peu, s'accéléra de nouveau, tandis que d'autres tentacules s'abattaient sur ses épaules et sur ses cuisses. Traîné dans un brouillard de poussière ocre Lionel tira désespérément, vit des membres coupés se tordre sur le sol. Etourdi de cris et de coups de fouets visqueux, il se battit comme un démon et réussit enfin à s'éloigner de quelques pas.

Il put se retourner et faucher les derniers tentacules encore accrochés à lui, puis courut à une bonne cinquantaine de mètres de là tout en protégeant sa retraite à coups de fusil.

Longtemps, tandis que Lionel se massait les jambes, le piton resta la scène d'une danse de membres flexueux plus ou moins tronqués tandis que, par accès, des hurlements rageurs s'envolaient dans le ciel brûlant.

CHAPITRE IV

Vers le soir du deuxième jour de marche, des plaques d'herbes grises et des buissons épars signalèrent les franges du désert. Lionel pénétra peu à peu dans une savane où la brise fraîchie par les eaux du Grand Fleuve faisait cliqueter les roseaux serrés au bord des mares. Des vols d'oiseaux siffleurs s'élevaient au passage du robot. Ses pas faisaient détaler les gerboises à queue pourpre et, la nuit venue, Lionel pataugea enfin dans les boues de la dernière crue.

Illuminées soudain par le lever du Satellite 2, les eaux de sang du fleuve roulèrent à l'infini devant Lionel, sous un ciel d'une luminescence incroyable.

Après avoir reposé ses jambes pendant une demi-heure, Lionel longea la rive pour trouver un arbre. En vain. Pas d'arbres, pas de bois, aucune possibilité de franchir le fleuve à pied sec ! Il fallait risquer le tout pour le tout et passer à la nage. Lionel vérifia l'étanchéité de son faux épiderme et descendit sans hésiter dans l'eau tiède. Poussant devant lui le sac frigidaire qui flottait naturellement, il battit des jambes et s'éloigna lentement vers l'autre rive.

Autour de lui, des oiseaux rendus fous par le sanglant décor tournoyaient en croassant et, incapables de distinguer l'eau rouge du ciel illuminé, s'enfonçaient parfois comme des pierres dans le fleuve, avant d'être emportés par les courants.

L'un d'eux se posa sur la tête de Lionel qui le chassa de la main. L'oiseau glissa et se rattrapant crispa ses serres sur le sac mortuaire. Effrayé, craignant que les griffes n'endommagent la toile, le robot plongea pour noyer la bête.

Ce qu'il vit sous les eaux l'effraya plus encore. Une foule d'ombres grises nageait en sa compagnie. Il vit des yeux verts l'observer curieusement, il se sentit frôlé par des masses de chair froide, distingua des mâchoires voraces, des mufles amphibies, vit un monstre crocher ses dents au flanc d'un autre.

Un remous l'écarta du combat et le fit remonter à la surface. Il était trop tard pour reculer. Lionel ignora délibérément les dangers dont il était menacé et continua sa lente et longue traversée.

Perdu entre la braise du ciel et le sang du fleuve, il avait l'impression de nager au milieu d'un même fluide où l'air ne se distinguait guère de l'eau.

Un vol d'oiseaux noirs tournoya encore autour de sa tête ; il leva les yeux et sentit les microfils de son cerveau se dévider au hasard, s'emballer pour ne lui donner que des idées confuses et fragmentaires.

Un moment de vertige suspendit sa nage... Les oiseaux en question étaient des poissons ! Ils paraissaient planer au-dessus de lui, flânaient paresseusement à petits coups de nageoires. Lionel comprit brusquement qu'il était sous la surface depuis un bon moment sans s'en être aperçu. Une seule explication s'imposait ; l'eau avait pénétré dans sa carcasse métallique et le poids l'entraînait progressivement par le fond : il sombrait comme un bateau.

Pour la première fois, il reconnut un avantage aux hommes de chair sur les robots. Un Lorrain n'aurait pu se méprendre à la suffocation qui l'aurait saisi, aussitôt dans cette situation. Mais, ne respirant pas, Lionel ne s'était pas aperçu qu'il coulait.

Il chercha à expulser la quantité d'eau absorbée par mégarde, mais se souvint qu'il n'avait plus de poumon. L'eau devait inonder son torse, après avoir pénétré par une fissure mal rafistolée. Bientôt, peut-être, des courts-circuits allaient saboter toute sa « physiologie nerveuse », peut-être arrêter le faux cœur, tuer les jambes empruntées à Lorrain.

Effrayé par cette éventualité, il accéléra le mouvement et fonça aussi vite que possible au milieu des masses de monstres camards qui, heureusement, s'enfuyaient à son approche.

Bientôt, l'obscurité devint totale et Lionel sentit ses jambes buter dans la vase du fond. Penché en avant, il marcha, peinant pour empêcher le sac mortuaire de remonter à la surface, prenant bien garde de toujours garder le courant à sa droite pour ne pas s'égarer.

Par instants, il avait l'impression que le sol remontait, mais il retombait dans un trou ou butait sur une pierre et tournoyait dans le courant qui lui faisait perdre du terrain en l'entraînant vers le milieu du fleuve.

Au bout d'un longue demi-heure d'efforts, il se sentit culbuté par un remous d'une force prodigieuse et lâcha le sac frigidaire.

Affolé, membres épars, il chercha autour de lui

dans l'obscurité liquide, prit à pleines mains quelque chose qui se débattit et l'envoya tournoyer dans les hauteurs.

L'eau rouge devint plus claire, il vit le sac au-dessus de lui, leva les bras et sentit le fil tendu qui le reliait aux restes de Lorrain. Il avait complètement oublié qu'il avait branché ce fil sur sa propre pile à la nuit tombante.

Il tira doucement et ramena le sac à lui tandis qu'il coulait lentement vers le fond. Il s'y retrouva plus tôt qu'il ne pensait et s'aperçut que le courant était beaucoup moins fort à cet endroit. L'autre rive était proche.

Il tâtonna en avant de sa main gauche et s'aperçut que son bras répondait mal à sa volonté. L'eau dont il était plein devait créer des perturbations dans son « système nerveux ».

Un dernier effort le porta plus haut sur une glissante falaise de boue et d'herbes aquatiques. Sa tête émergea. Devant lui, d'épaisses racines rouges se tordaient en plongeant dans les eaux du fleuve. Il s'y cramponna et se hissa sur la berge en portant le sac sur sa tête. Son propre poids lui parut avoir doublé.

Il s'allongea sur la terre visqueuse et ouvrit le volet métallique de son torse qui libéra une bonne vingtaine de litres d'eau.

Il voulut retirer sa combinaison pour se masser les jambes et eut un choc en s'apercevant que son bras répondait à l'envers. Tentant une expérience, il voulut arracher un brin d'herbe en portant son bras vers la gauche. Celui-ci s'inclina vers la droite. Il dut faire un grand effort d'adaptation pour réussir ses gestes en pensant les gestes symétriquement contraires.

Gêné par cette infirmité nouvelle, il vérifia les cadrans de l'organisme annexe, et, rassuré, décida d'octroyer plusieurs heures de repos à ses jambes.

Etendu, la tête appuyée sur le sac, il attendit le jour. Autour de lui, la jungle braillait, sifflait, ronronnait comme un enfer peuplé de démons fous, en bordure de la grandiose hémorragie du Grand Fleuve.

CHAPITRE V

Après avoir cheminé deux jours, Lionel rencontra les premiers contreforts des Monts Noirs. Le sol bosselé s'élevait par degrés, tandis que la végétation perdait de sa luxuriance. Çà et là, des affleurements volcaniques dressaient des fantômes de basalte. A l'horizon, des pentes dénudées s'arc-boutaient sur des entassements de ruines gothiques créés par le hasard.

Lionel était en pleine forme. Asséché par la chaleur des jungles, son bras gauche avait retrouvé la santé depuis longtemps. Ses jambes de chair fatiguaient beaucoup moins, rafraîchies par la brise tombant des hauteurs.

Sans hâte, il marchait vers le col qu'il avait repéré sur la carte. Au hasard du terrain parcouru, ses pas broyaient des graviers, s'étouffaient sur les sables ou crissaient sur les herbes sèches. Il passa bientôt un gué torrentueux et escalada prudemment des cônes d'éboulis. De temps en temps, un roc se détachait derrière lui et roulait jusqu'en bas dans un bruit de fin du monde.

Au bout de plusieurs heures d'efforts, il atteignit

une petite corniche hospitalière et put se retourner pour mesurer du regard le chemin parcouru.

Le torrent n'était plus qu'un mince ruban d'argent scintillant au soleil et, plus loin, la brousse semblait un géant tapis de laine verte surmonté par endroits de la cime altière des arbres à crosses.

Lionel massa ses jambes pendant un bon quart d'heure et, rechargeant le sac mortuaire sur ses épaules, suivit la corniche qui montait en pente douce vers le col échancrant l'horizon.

Il passa sous des arches solennelles où l'écho de ses pas ricochait à l'infini, s'engagea sur des ponts naturels enjambant des gorges vertigineuses, s'accrocha comme un insecte à d'abruptes murailles et parvint au col vers le soir.

Loin, très loin vers le sud-ouest, un couchant de pourpre et d'or incendiait les méandres du Grand Fleuve.

Lionel voulut profiter des dernières heures du jour pour faire le plus de chemin possible et s'enfonça dans un dédale d'ogives monumentales paraissant soutenir un ciel de nacre.

Quand la nuit se drapa comme un manteau sur Sidar, il déboucha dans un val féerique, où la brise arrachait mollement une neige cotonneuse aux branches des arbres noirs. Lionel était assez documenté pour savoir qu'il s'agissait de « krofo », nom donné par les indigènes à ces bourres végétales que le vent, parfois, soulevait en tempête. Mais il savait aussi que le krofo attirait les bountogs comme le miel les mouches. Il savait aussi que l'on pouvait endormir un bountog en sifflant sur une certaine note, mais il n'avait plus de poumon pour siffler.

Il chercha donc une retraite sûre pour passer la nuit et jeta son dévolu sur une petite grotte pratiquement inexpugnable si l'on avait une arme à sa disposition pour bloquer toute attaque de front.

Il déposa le sac au fond de la grotte et s'assit à l'entrée, le fusil entre les jambes, regrettant d'être obligé de patienter jusqu'au jour avant de continuer sa route.

Dehors, lente et silencieuse, la neige de krofo tombait mollement au clair des étoiles, d'entre les bras levés des arbres noirs. Par instants, des gloussements et des battements d'ailes révélaient la présence de bountogs à l'autre bout du val.

Au milieu de la nuit, Lionel aperçut la silhouette d'un monstre. Le bountog marchait à pas comptés, allongeait brusquement son cou télescopique pour ingurgiter des paquets de krofo, par saccades, secouait de temps en temps ses courts moignons ptéroïdes pour se débarrasser des bourres accrochées dans ses plumes.

Peu à peu, il se rapprochait de la grotte, picorait çà et là, frappait du bec le tronc des arbres et se grattait le ventre en gloussant pour chasser quelque parasite. Il avisa une branche énorme qui pendait juste au-dessus de la grotte, fit un bond de trois mètres en l'air pour l'atteindre et, pendu par le bec, secoua de toutes ses forces pour accélérer la pluie des bourres blanches.

Immobile, Lionel vit la bête mâcher le krofo tombé sur le sol, à deux pas de lui. L'ombre du bountog obscurcissait l'entrée de la grotte. Lionel retira doucement ses jambes qui pendaient à l'extérieur et pointa son arme vers la tête énorme où l'on voyait cligner un œil gros comme un ballon de football.

Soudain, la bête vit le robot tapi dans l'ombre. Elle inclina la tête de côté, entrouvrit un bec révélant une langue pointue et replia le cou en arrière, s'apprêtant à saisir Lionel comme un corbeau eût fait d'un insecte. Un cri tremblé de convoitise filtrait du fond de sa gorge.

Lionel tira sans attendre. Un sillon sanglant apparut comme par magie sur le crâne plat du bountog ; quelques plumes volèrent tandis que le monstre faisait un saut de dix mètres en arrière.

Le bountog se mit à tourner sans arrêt sur lui-même en poussant des couacs formidables. Lionel l'abattit d'un second coup de fusil. Mais. déjà, un tumulte de volière géante répondait de l'autre bout du val.

Des ombres caquetantes arrivaient en se bousculant et en faisant voler des nuages de krofo. Bientôt, une vingtaine de bountogs tournèrent d'un air inquiet autour du cadavre de leur congénère.

Prudent, Lionel recula jusqu'au fond de la grotte. Celle-ci faisait un coude et s'étrécissait suffisamment pour empêcher le passage des monstres.

Sans chercher à savoir ce que faisaient les bountogs, Lionel attendit l'aurore. Il les entendit caqueter pendant des heures et, rageurs, frapper le roc de leur bec.

Puis, à coups de trombes d'eau, de lanières de feu et de roulements d'outre-monde, l'orage les dispersa.

. . . .

Quand Lionel sortit de sa retraite, le paysage lui parut lavé à grande eau. Les pics noirs et luisants étincelaient dans le soleil du matin. Une brume irisée estompait les profondeurs du val et le sol de krofo humide drapait un excentrique décor de fonte des neiges au pied des arbres chargés de feuilles.

Lionel débrancha le sac de sa pile et l'assujettit sur son dos. Rendu prudent par les dangers de la nuit précédente, il garda son arme à la main et, après avoir consulté la carte, marcha en direction d'une faille entaillant la montagne.

Au bout d'un quart d'heure, il s'engageait dans une gorge entièrement tapissée de mousses vertes et marchait dans un décor d'étoffe où, parfois, un roc poli paraissait un bijou géant présenté dans le velours.

Tout n'était que silence, la mousse étouffant les bruits. A longs pas élastiques sur le sol rembourré, Lionel avait l'impression d'avancer dans un rêve.

Le vacarme qui l'accueillit à la sortie de la gorge ne l'en surprit que davantage. Le bruit venait d'en bas. Il baissa les yeux et aperçut un village sidarien blotti dans un cirque. Les androïdes aux pattes d'autruche menaient un grand tapage soutenu de « nananas » assourdissants poussés par les femmes.

La tribu tournait en rond autour d'une idole grossière plantée sur la place du village : une simple perche surmontée d'une calebasse brillante ornée de feuillage.

Un grand vieillard maigre et couvert d'oripeaux menait le jeu. Il sautait sur place devant les danseurs, tournait comme un derviche, levait les mains vers l'idole en signe d'adoration. Le tumulte devint assourdissant, atteignit l'insoutenable et cessa d'un seul coup.

Deux jeunes hommes se détachèrent de la foule immobile et coururent vers les maisons délabrées. Quand ils sortirent, l'un d'eux portait une longue échelle, l'autre une jarre pleine de fruits d'arbres à crosses.

Une dizaine de Sidariens s'emparèrent de l'échelle et la dressèrent debout devant l'idole. Le vieillard, prêtre ou sorcier, prit la jarre et grimpa lestement jusqu'à la calebasse ornée de feuillage. Une à une, il introduisit lentement les crosses vertes dans la calebasse. Le fond de celle-ci devait être percé car les fruits retombaient en morceaux sur le sol, salués de « nananas ». Pourquoi en morceaux ?

Sans curiosité particulière pour les détails du rite, Lionel se mit à descendre la pente qui menait au village. Il se sentait heureux de rencontrer pour la première fois depuis longtemps une communauté à peu près humanoïde.

Quand il fut à mi-pente, un caillou détaché par son pied roula jusqu'aux Sidariens. Ceux-ci levèrent la tête et l'aperçurent. Lâchant la cérémonie, ils se précipitèrent à sa rencontre en riant et en poussant d'hospitaliers nananas.

L'échelle abandonnée oscilla et le grand vieillard n'eut que le temps de sauter de lui-même à terre pour ne pas tomber à plat. Il détacha de sa hanche une espèce de porte-voix d'écorce et hurla une phrase farcie de diphtongues et d'h aspirés. Son autorité devait être assez établie car les Sidariens stoppèrent et revinrent l'aider à grimper le premier au-devant de Lionel.

Celui-ci était presque arrivé en bas quand le prêtre le rencontra et lui donna trois solennelles claques sur les épaules : « Na-na-na ! » Lionel rendit la politesse mais, naturellement, sans articuler un son. Il sourit. Le vieillard tourna la tête et glapit un ordre.

Des enfants dévalèrent quelques mètres avec enthousiasme et ramassèrent, en se disputant cet honneur, les fruits en crosse ayant échappé au vieux dans sa chute. Bientôt, de mains en mains, la jarre pleine voyagea jusqu'au prêtre qui la remit solennellement à Lionel en articulant quelques mots incompréhensibles. Lionel mit son arme à la bretelle et saisit l'offrande. Se méprenant, il comprit d'abord qu'elle était pour lui. Mais le vieux désigna l'idole du doigt.

Un brouhaha excité courut sur les visages hilares pleins de bonnes intentions. La petite foule amorça un mouvement vers Lionel. Mais le vieillard calma de la main le zèle de ses ouailles et désigna quatre hommes qui soulevèrent Lionel sur leurs épaules et descendirent vers le village dans un concert de « nananas ».

Indécis, le robot se prêta de bonne grâce à leur désir tout en prenant bien garde de ne pas renverser la jarre. On le déposa au pied de l'échelle redressée, il comprit alors que le vieux lui abandonnait l'honneur de nourrir l'idole.

Lionel déposa le sac sur le sol et mit le doigt dessus. Il lança un regard circulaire et inquiet.

« Pas toucher ! » cria le vieux en langage humain. Se voyant deviné, Lionel inclina la tête et sourit.

Tenant la jarre d'une main, il grimpa les premiers échelons, l'attention absorbée par l'équilibre instable de la pyramide de fruits poussiéreux. Il parvint à la hauteur de l'idole et leva les yeux...

La calebasse le regardait ! Elle... elle avait deux yeux, une bouche large et avenante... La tête vivante du robot Martial regardait avec amitié le robot Lionel. Sa peau déchirée laissait briller au soleil son crâne de métal. On lui avait planté des rameaux touffus dans les oreilles, peint le visage en bleu et rouge, agrémenté la mâchoire d'une barbe d'herbe sèche où luisaient des coquillages-grelots.

Le doute et la stupéfaction emballèrent les micromécanismes du cerveau de Lionel. Il se calma et articula de sa bouche muette : « Martial ? » La tête coupée acquiesça d'un battement de paupières. Mais un murmure impatient montait de la foule sidarienne. Martial eut une mimique expressive et ouvrit la bouche. Lionel y introduisit une crosse verte et la laissa lentement mâcher, déglutir, tandis que les morceaux tombaient par la trachée déchirée, au grand enthousiasme des indigènes.

Tout en mâchant cette nourriture inutile, Martial eut un regard ironique signifiant : « Continuez, ça leur fait tellement plaisir ! »

Lionel obéit jusqu'à la consommation totale des crosses, puis il eut un sourire et fouilla sa poche de cuisse. Il en tira une bouteille d'oxygène et, se penchant en avant, vissa le bec de la bouteille dans la trachée de Martial. La gorge du robot eut un râle.

Lionel sentit l'échelle osciller sous lui, il se cramponna à la perche tandis que les Sidariens effrayés couraient vers leurs maisons en hurlant.

Martial eut un hoquet et débita d'une traite quelque chose comme :

— Jevaisleurparlerssssseigoangssssiurtahatogmassicssss...

Toujours cramponné à la perche, Lionel comprit que le courant d'oxygène était trop fort, se souvint d'avoir lui-même subi cette épreuve et tourna la manette en arrière. Martial débita d'une voix moins bousculée des phrases rassurantes à l'intention des Sidariens.

Un à un, ceux-ci se rapprochèrent du prodige. Le vieux prêtre, mains étendues en avant, lança un vigoureux « nanana » repris en chœur par les autres.

Maintenue par des mains respectueuses et enthousiastes, l'échelle reprit son équilibre.

— Je leur ai dit que vous étiez mon ami et, vous aussi, un dieu, expliqua la tête vivante et barbouillée de peinture.

Lionel ouvrit la bouche, hésita, fouilla sa poche pour en tirer une deuxième bouteille d'oxygène à son usage. Le robot-idole comprit aussitôt et s'informa.

— Vous êtes muet ? Poumon détruit, sans doute ?

Lionel acquiesça.

— Ne vous donnez pas la peine, dit Martial dans un sourire ; nous sommes faits pour nous entendre : je suis sourd. Les branches qu'ils m'ont plantées dans les oreilles ont crevé le plastique de mes tympans.

Mais j'ai eu le temps d'apprendre à lire sur les lèvres depuis que je suis dans cette immobilité ridicule. Vous pouvez me parler, je comprendrai sans entendre.

Lionel leva la main vers les feuillages de l'idole.

— Non, protesta Martial. N'y touchez pas ! Cette branche m'a rendu sourd, mais elle m'a rendu la vie en même temps qu'elle m'enlevait l'ouïe. J'étais mort dans un accident... un éboulement ! En m'enfonçant ces bouts de bois dans les oreilles, le vieux a rétabli sans le savoir le contact de deux fils, j'ignore lesquels, et j'ai repris connaissance. Ma vie est précaire. Parfois, un coup de vent déplace les branches et je reste mort un certain temps avant que le hasard de la brise ne remette les choses en place. L'orage de la nuit dernière m'a ressuscité pour la énième fois. Je l'ai compris au soulagement joyeux du vieux lorsqu'il m'a regardé sous le nez ce matin. D'où cette fête à laquelle vous avez assisté.

— Je vais vous descendre de là, dirent les lèvres muettes de Lionel. Je ne vous ai pas trouvé tout à fait par hasard. En fait, je vous cherchais... Mais nous avons des tas de choses à nous dire.

— Avant de me descendre, laissez-moi expliquer à ces braves gens que je le demande moi-même, dit Martial. Ils seraient capables de s'y opposer. Tout dieu que vous soyez depuis dix minutes, votre promotion est peut-être trop récente pour les impressionner.

Il sourit et baissa les yeux vers la centaine de regards tournés vers cette divine conversation. Il prononça quelques phrases en sidarien. Entre chaque phrase, un souffle d'oxygène non employé faisait trembler sa barbe d'herbe sèche.

La foule se prosterna sur un signe du prêtre.

— Ils sont préparés, dit Martial. Allez-y ! Mais pour l'amour du ciel, ne me tuez point. C'est très désagréable à chaque fois.

CHAPITRE VI

La tête de Martial ressuscita quelques heures plus tard, dans une maison prêtée par le vieux prêtre.

— Je ne vous en veux pas, dit-il à Lionel. Vous m'avez réparé ?

— Oui.

— Je le sens. Je ne souffre plus de ces perpétuelles étincelles dues à un mauvais contact. C'était très... douloureux, vous voyez ce que je veux dire ?

— Je sais, articula Lionel. J'ai moi-même été coupé en deux par un krôtang. Mes jambes sont humaines. Ce sont celles de mon maître. Je les lui rendrai plus tard. Ses restes sont dans ce sac que vous voyez en plein soleil à l'entrée de la maison.

Il lui raconta ses avatars et ses projets. Martial lui parla de sa propre aventure.

— Votre maître est certainement passé chez le mien, conclut-il, sinon comment aurait-il été en possession de cette carte ? Je suggère que nous passions par la Résidence. Vous ne le regretterez pas. Vous aurez besoin de mes conseils et de l'expérience que nous avons de Sidar, mon maître et moi. En outre, vous n'aurez pas besoin de revenir jusqu'à Gayam pour ressusciter votre maître. Le mien possède à la Résidence un matériel chirurgical complet.

Il rêva un instant.

— Je ne sais pas depuis combien de temps je suis là, reprit-il. Sans doute depuis des années... Quelle est la date ?

— Nous sommes le 34 A.C. 2023.

— Plus de huit ans !... Peut-être mon maître a-t-il un nouveau robot. Dans ce cas, je vous aiderai de mon mieux jusqu'au bout, mais je vous demanderai en échange un petit service.

— Lequel ?

— Me tuer ! Vous comprenez ?

Lionel inclina la tête.

— Parfaitement, dit-il. Il doit être très pénible de se voir remplacé par un autre. Je vous comprends.

— Mon maître était déjà assez vieux, continua Martial. S'il est mort, je vous demanderai le même service.

— Ne parlons pas de choses désagréables, conseilla Lionel. Il me faut d'abord un poumon. Me prêterez-vous le vôtre si nous avons la chance de le retrouver intact là où votre corps est resté écrasé.

— Bien sûr, dit Martial. Mais je ne comprends pas l'importance extrême que vous donnez à la perte du vôtre. Il vous suffirait...

— Admettez, coupa Lionel, que votre maître soit parti, que la Résidence soit en ruine. Il me faudrait coûte que coûte aller à Gayam avec le cadavre de Lorrain. Vous ne savez pas combien les choses ont changé sur Sidar depuis les accords Terre-Xress. Muet, je n'aurais pas une chance de passer à travers des rigueurs administratives d'autant plus dangereuses que désorganisées par la panique. Lorrain, mon maître, sera officiellement décédé si je suis reconnu pour un simple robot. Il importe que je me fasse passer pour lui...Mais que se passe-t-il ?

Dehors, les Sidariens menaient un tapage infernal.

— Quoi ? fit Martial. Emmenez-moi, je veux voir.

Lionel prit la tête. de Martial sous son bras et bondit au-dehors. Assemblés sur la place, les Sidariens paraissaient effrayés. Ils désignaient quelque chose au fond du ciel. Lionel leva les yeux.

— Tenez ma tête autrement, 'supplia Martial. je ne vois rien.

Lionel obéit. Très haut, ils virent une dizaine d'objets métalliques en forme de champignons.

— Des appareils xressiens, dit Lionel.

— Je n'ai jamais rien vu de pareil, déclara Martial. On dirait des champignons.

Lionel comprit que Martial était à peine documenté sur les Xressiens.

— Et si..., commença-t-il.

Se rappelant brusquement que Martial ne pouvait l'entendre en raison de leur double infirmité, il maintint la tête de son compagnon en face de son propre visage, afin qu'il pût lire sur ses lèvres.

— Ce sont des appareils xressiens, répéta-t-il. Et si l'occupation xressienne avait été avancée ! La chose est possible. Il y a des mois que je suis sans nouvelles officielles...

— Le temps presse, dit Martial. Il faut nous mettre en route le plus tôt possible. Je vais être obligé de mentir aux indigènes pour leur faire accepter mon départ.

Les Sidariens sautaient sur place et s'interpellaient

en phrases hachées par la nervosité tandis que les champignons volants disparaissaient derrière la crête des montagnes.

Au moment où Martial s'apprêtait à leur parler, un sifflement énorme emplit le ciel tandis qu'un nouvel appareil faisait son apparition. Avec sa coque circulaire et son réacteur rouge vif entouré d'une collerette métallique, il ressemblait tout à fait à un champignon.

— ... Vénéneux ! dit Lionel. C'est peut-être le mot qui convient.

Au lieu de suivre les autres, l'appareil effectua de grands tours autour du cirque. Il se rapprochait progressivement du sol suivant une spirale imaginaire. Le bruit devint effrayant. Les Sidariens fermèrent leurs oreilles et bondirent dans toutes les directions comme un troupeau affolé.

Plusieurs se terrèrent dans leurs maisons. La plupart s'enfuirent au hasard dans la montagne. On les voyait bondir de roc en roc comme des chamois, dévaler à toute vitesse la pente ouvrant le cirque vers le sud.

L'appareil fut si proche que son ombre obscurcit le village. Doutant soudain des bonnes intentions xressiennes, Lionel prit le sac mortuaire et la tête de Martial, rafla son arme au passage et bondit hors du village. Il resta terré à deux cents mètres de là derrière un rideau de broussailles.

— Vous n'avez pas confiance en eux, souffla Martial.

— Absolument pas, dit Lionel.

Le bruit s'était arrêté. Dans un silence angoissant,

l'appareil descendit en planant et se posa au milieu du village en écrasant une dizaine de maisons.

— Nous aurions dû partir plus tôt, dit Martial. Maintenant, il nous sera difficile de bouger sans attirer leur attention.

En équilibre sur son pied cylindrique, l'appareil ressemblait tout à fait à un champignon géant ayant poussé sur les décombres.

Tout se taisait dans le village désert. Au bout d'un certain temps, Lionel remarqua un grouillement de taches noires dans les ruelles. Il regarda mieux et reconnut la silhouette des Xressiens. Ceux-ci étaient sortis depuis longtemps sans qu'il se fût aperçu de rien. Il les aurait crus plus grands, c'est ce qui avait trompé son attente. Maintenant qu'il les savait là, il distinguait fort bien leurs têtes de chauves-souris, leurs membres filiformes et griffus.

Par moments, la brise lui apportait des crépitements brefs imitant à s'y méprendre le bruit d'un incendie. C'était l'écho de leurs conversations de claquements de langue et de râles laryngés.

— Nous ne pourrons sortir de là qu'à la nuit, suggéra Martial. Vous devriez fermer le robinet de ma bouteille d'oxygène, par économie. Je vous ferai signe si j'ai besoin de vous parler.

Lionel ferma le robinet sans mot dire. Soudain, un cri déchirant monta du village, un cri sidarien qui se termina en bizarres sanglots. Lionel lança à son compagnon un regard éloquent, un regard signifiant : « N'avais-je pas raison de me méfier de ces gars-là ? » Mais Martial n'avait rien pu entendre.

CHAPITRE VII

S'étant échappé à la faveur de la nuit, Lionel marchait depuis cinq jours. En plus du sac mortuaire, il portait à la ceinture un panier de jonc tressé contenant la tête de Martial.

Il avait débarrassé celui-ci de ses maquillages rituels et de ses barbares ornements, mais n'avait pu remédier aux mutilations qui rendaient son visage à peine humain.

Il avançait dans un marécage où des racines plongeantes semblaient les colonnes torses d'un temple de verdure.

— Nous n'en avons plus pour longtemps, dit Martial. Nous atteindrons certainement le village de mon maître avant deux heures.

— J'ai hâte de savoir s'il me prendra pour Lorrain ou pour le robot que je suis.

— Peut-être avez-vous un peu trop bonne mine pour un homme revenant de la brousse, mais votre visage est suffisamment maculé de boue pour faire illusion. En tout cas, votre voix est parfaite.

— J'ai le souffle un peu court, peut-être.

— Vous vous êtes entêté à partager avec moi mon pauvre poumon retrouvé.

— Bah ! Il me restait encore assez de membrane pour vous refaire un tympan de fortune, et je n'ai pu résister à la tentation d'adapter un ressort à votre demi-poumon. Le jeu en valait la chandelle. Votre maître ne retrouvera pas un sourd-muet... Quant à mon élocution poussive, elle peut passer à la rigueur pour celle d'un homme gêné par sa greffe laryngée.

— De toute façon, la réaction de mon maître n'aura qu'une valeur d'expérience. Je suis sûr qu'il vous aidera de son mieux, même connaissant votre qualité de robot.

— Votre maître doit être bien sympathique.

— Le meilleur des hommes... Il m'appréciait beaucoup. Vous lui annoncerez mon retour avec ménagements. Je crains que l'émotion ne lui fasse du mal... Attention, ne passez pas par là !

— Où voulez-vous ?...

— Jamais aux endroits où l'eau est de teinte brune ; c'est bourré de reptiles dangereux ! N'oubliez pas que vous avez des jambes humaines.

Lionel enjamba une racine et dépassa la zone dangereuse en marchant hors de l'eau. Il s'aida en tirant sur des rideaux de lianes. Ebranlés, des fruits énormes tombèrent de branche en branche et churent dans l'eau comme des obus de marine. Aussitôt, des centaines de têtes plates aux yeux froids trouèrent la surface.

— Voyez, dit Martial, une seule morsure et vos jambes étaient perdues.

Un sifflement venu de très haut couvrit ses derniers mots, s'amplifia, s'éteignit progressivement. Il était impossible de voir à travers les branches, mais les deux robots avaient appris à reconnaître au son le passage des appareils xressiens.

— Ils sont de plus en plus nombreux, dit Lionel. Pourvu que nous arrivions avant le départ des derniers Terriens !

— De mon temps (je veux dire : avant ce long séjour forcé aux Monts Noirs), on ne parlait jamais des Xressiens. Si vous ne m'aviez pas dit avoir entendu ce cri de terreur d'un pauvre Sidarien, je n'aurais aucune prévention contre eux. Est-ce une race si antipathique ?

— Je les crois capables d'à peu près tout. Actuellement, les journaux les ménagent. *Modus vivendi,* accords basés sur une compréhension mutuelle, vieille et estimable civilisation xressienne ; voilà les mots qu'on trouve tous les jours dans la presse terrienne. Mais il y a deux ans, le ton était beaucoup moins courtois. J'ai lu un article où un journaliste signalait qu'on ne trouve aucune espèce animale ou évoluée quelconque sur les planètes qu'ils occupent...

— C'est incroyable, ils...

— Ils les suppriment, tout simplement. Il n'y a pas besoin de retourner le problème dans sa tête pour trouver une autre explication ! Le plus ahurissant, c'est que l'un des prétextes à leurs revendications sur Sidar se basait sur notre colonialisme.

— Je ne comprends pas bien le sens de ce mot.

— Oh ! c'est un vieux vocable du vingtième siècle, remis récemment à la mode pour traduire une expression xressienne n'ayant pas d'autre équivalent dans la nôtre. Cela signifie à peu près : abus de pouvoir sur les autochtones.

— En somme, ils se caractérisent par la froide cruauté, la mauvaise foi et le cynisme.

Lionel ne répondit pas. Redescendu dans l'eau, il peinait pour avancer malgré la vase qui lui ligotait les jambes.

— Si c'est le cas, dit Martial, c'est un crime d'abandonner les pauvres Sidariens à cette race sans pitié...

« Dois-je lui dire, pensa Lionel, que je suis venu pour sauver Sidar de Xress, que tout espoir n'est pas perdu ? »

— J'ai hâte d'arriver à la Résidence, dit Martial, le sort de mon maître me donne des inquiétudes.

— Je ne pense pas qu'ils osent s'attaquer à un homme, surtout à un Résident. Ils craindraient de s'attirer des représailles.

— Je ne parle pas de cela, protesta Martial. Je veux dire que si l'évacuation terrienne a été avancée, mon maître est peut-être déjà parti.

Un deuxième sifflement fit trembler l'épaisse voûte de feuillage, puis un autre, puis un troisième, si proche que le son fit courir des ondes à la surface du marécage. Une dégringolade de branches coupées tomba près des deux robots. Empêtré dans les rameaux, un petit singe faisait des efforts inouïs pour sortir de l'eau. Ses yeux ronds paraissaient implorer Lionel. Charitable, celui-ci lui tendit la main.

Le singe s'y cramponna, grimpa le long du bras et, d'une détente, s'enfuit parmi la végétation.

— Ils ont rasé la cime des arbres, dit Martial. Ils

doivent atterrir tout près d'ici. Je n'aime pas beaucoup ça.

Sans répondre, Lionel avançait le plus vite possible. Au bout d'une heure de marche, l'eau disparut, faisant place à une boue visqueuse où se tordaient des larves molles. Puis le sol se raffermit, les arbres s'espacèrent, firent bientôt place à une steppe parsemée de rocs erratiques. Le ciel était libre de tout appareil.

— Nous arrivons, dit Martial.

Au bout de quelques kilomètres parcourus à vive allure, la steppe se coupa brusquement d'une falaise dominant la vallée.

Quatre « champignons » xressiens étaient posés sur les maisons écroulées du village. Les rues grouillaient de petites silhouettes noires.

CHAPITRE VIII

Xaog s'engouffra chez le Résident comme celui-ci s'apprêtait à sortir ; il faillit le renverser dans le couloir. Le vieil homme ouvrait déjà la bouche pour réprimander la brutalité du Sidarien, mais Xaog ne lui laissa pas le temps d'émettre un son.

— Rizident, pleura-t-il, ça vilains rats sortis du champignon !

Dans son excitation, il secouait le Résident par les revers de sa combinaison. Il le lâcha brusquement, laissa pendre le long de son corps deux grands bras désespérés et pencha la tête de côté.

— Xaog beaucoup peur ! souffla-t-il, d'une voix enrouée et attendrissante.

« Je craignais ce moment, pensa le vieil homme. »

Il posa une main rassurante sur l'épaule huileuse du Sidarien. Dehors, un bruit de pas précipités se fit entendre. Poussée violemment, la porte claqua contre le mur tandis qu'une vingtaine d'indigènes apeurés envahissaient le vestibule.

— Allons, du calme ! dit le Résident.

Mais déjà, d'autres Sidariens poussaient les premiers arrivés, anxieux de se mettre sous la protection du Gouvernement terrien.

Sur le moment, touché de cette confiance, le Résident n'eut pas le courage de prononcer des paroles énergiques pour endiguer ce flot de panique. Il dut reculer de côté et vit d'autres indigènes entrer par les fenêtres.

Il se précipita dans sa chambre, suivi par la foule déchaînée, prit son fusil et, la mort dans l'âme, tira plusieurs fois en l'air.

Impressionnés, les indigènes reculèrent un peu en se voilant la face. Plusieurs se mirent à genoux, l'œil implorant.

— Je ne veux pas de désordre, dit le Résident d'une voix sévère. Il n'y a aucune raison d'avoir peur. Laissez-moi le passage, je vais parler à ces Xressiens.

Des cris de terreur arrivèrent du dehors. Les premiers rangs de la foule durent faire plusieurs pas en avant sous la poussée des autres. Le Résident mit par-dessus sa combinaison son pectoral, insigne de ses anciennes fonctions.

— Xaog, dit-il, aide-moi à sortir par cette fenêtre. Xaog saisit le Terrien sous les aisselles et le passa dehors avec désinvolture.

Avec des hurlements, la foule se dispersa dans toutes les directions tandis que d'inquiétantes silhouettes de Xressiens apparaissaient au bout de la rue. Toutefois, un bon nombre d'hommes resta groupé autour du Résident.

— Prends-moi sur tes épaules, dit celui-ci à Xaog. Et avance !

Xaog s'exécuta. Tandis qu'il se rapprochait des

Xressiens, le Résident le sentait trembler sous lui. Le vieil homme regretta de lui imposer cette corvée, mais il pensait impressionner les étrangers par un certain décorum.

Il furent à cinq mètres des rats aux membres grêles.

— Dépose-moi, ordonna le Terrien.

Une fois sur le sol, il fit encore deux pas en avant et considéra les Xressiens.

Il jugea qu'en moyenne, leurs corps duveteux lui venait à peu près à mi-jambe. La plupart portaient à deux mains (ou du moins dans ce qui leur servait de mains) des fioles de couleur bleuâtre ; des armes, sans doute. L'un d'eux ne portait rien ; son museau était agrémenté d'un cercle métallique fixé par des sangles. Il avait l'air muselé.

A grand renfort de raclements de gorge et de claquements de langue, ils conversaient entre eux à toute vitesse, sans quitter le Résident des yeux. Leur murmure ressemblait assez, la variété en plus, au chant d'innombrables criquets. D'une voix beaucoup plus forte, le Xressien muselé lança soudain deux ou trois onomatopées de crécelle. Les autres se turent aussitôt.

Le Résident crut comprendre le rôle de l'anneau métallique ornant le museau du... chef, sans doute. C'était vraisemblablement un amplificateur de sons lui permettant de dominer les autres de la voix.

Le vieil homme bomba le torse sous son pectoral et se donna l'air le plus officiel possible.

— Bienvenue sur Sidar aux... citoyens de Xress, dit-il d'une voix forte.

Il avait failli dire : aux envahisseurs. Les petits

yeux verts clignotèrent d'étonnement à ces paroles étrangères. Le chef lança deux ou trois phrases de castagnettes. Une dizaine de soldats firent demi-tour et rebroussèrent chemin pour aller remplir une mission mystérieuse. Les autres s'assirent sur le sol. Ils formaient un demi-cercle autour du Résident. Un peu en arrière, Xaog et une vingtaine d'indigènes tremblaient de tous leurs membres en plein soleil. La sueur coulait le long de leurs corps, dégouttait de leurs doigts, formait des taches humides dans la poussière.

— Ça vilains rats ont tué sœur de Xaog, osa émettre l'un d'eux d'une voix timide.

Le Résident se retourna :

— Tu es sûr ? Pourquoi ?

— Pourquoi, pas savoir. dit Xaog. Vilains rats tuer avec fusil-là. Tuer aussi deux petits enfants.

Son doigt tremblant désignait les fioles bleuâtres que portaient les Xressiens. Mais déjà, les dix chargés de mission fendaient en sens inverse la foule de leurs congénères. Ils revenaient chargés d'un long tube curviligne, orné à chaque extrémité d'un anneau semblable à celui du chef. L'un d'eux portait en outre une boîte cubique agrémentée de divers curseurs.

Ils posèrent en silence le mystérieux appareil devant leur supérieur. En quelques gestes adroits, ils déplièrent deux trépieds que le Terrien n'avait pas remarqués et fixèrent la boîte sur le tube à l'aide de deux fiches. La gueule noire de l'embouchure paraissait menacer le Résident en pleine figure tandis que l'autre extrémité faisait face au chef xressien.

Le vieil homme, inquiet, se contraignit par dignité à ne pas faire un pas en arrière.

Le rat posa ses doigts griffus sur l'anneau placé devant lui et crachota quelques bruits secs dans le tube. Avec un peu de retard, une voix précise et monotone sortit à l'autre extrémité :

— Salut très poli au très sympathique étranger, disait-elle. Nous nous excusons de devoir demander au très sympathique étranger d'attendre un peu l'arrivée de notre commandant.

Les derniers mots sortaient encore du traducteur alors que le rat avait fini de parler à l'autre bout.

Le Résident se racla la gorge et répéta posément :

— Bienvenue sur Sidar aux citoyens de Xress. J'attends avec plaisir la venue de votre commandant.

Ces paroles furent transformées par le traducteur en crépitants borborygmes à l'intention du chef.

Au bout de la rue, un remous de foule xressienne révéla soudain quelque chose. A mesure que ce quelque chose approchait, on pouvait voir deux colonnes serrées de soldats avançant dans un ordre impeccable. Quand ils furent tout près, le Résident remarqua entre les deux colonnes un Xressien d'une taille légèrement inférieure à la moyenne des autres et qui, lui aussi, portait un cercle autour du museau. En outre, un bizarre hiéroglyphe paraissait peint en rouge sur sa poitrine.

Sur son passage, les soldats touchaient rapidement le sol en faisant un petit plongeon en avant.

Le premier interlocuteur du Résident ne manqua pas à cette formalité et laissa sa place à celui qu'il appelait son commandant.

Ce dernier arrêta d'un geste l'avance des colonnes

de protection et se posta seul devant le traducteur. Ses yeux verts brillaient d'intelligence. Il crachota dans le tube :

— Salut très poli au très sympathique étranger. Je suis le commandant de cette escadrille.

— Bienvenue au commandant sur Sidar, dit le Résident d'une voix brève.

Le ton se fit brusquement moins courtois.

— Vous êtes un Terrien, n'est-ce pas ?

— Oui, je suis le Résident du secteur Gayam nord.

— Comment se fait-il que vous n'ayez pas reçu l'ordre de repli sur Gayam ? En vertu des accords Terre-Xress, il ne doit plus rester un seul Terrien en dehors de Gayam à dater du 1.A.C.2023.

— Je m'étonne à mon tour que vous n'ayez pas connaissance de l'exception faite en ma faveur, mentit effrontément le Résident. En accord avec votre gouvernement, mon exercice a été prolongé de dix ans, tacitement renouvelables. Cela en vue de faciliter les premiers rapports de votre gouvernement avec les indigènes sidariens passés sous tutelle en fonction des accords Terre-Xress.

Le commandant marqua un temps de silence. Il dit enfin :

— Il s'agit d'une erreur ou d'un malentendu. Je vais faire vérifier. En attendant, je m'excuse vivement d'être obligé de vous demander de ne quitter la Résidence sous aucun prétexte et de n'avoir aucun rapport avec les autochtones. Je mets dix soldats à votre disposition pour satisfaire à vos moindres désirs pendant votre réclusion.

Les yeux du Résident flamboyèrent :

— Je m'excuse de vous faire remarquer que ces dispositions sont en contradiction formelle avec les exigences de mes fonctions. En outre, on vient de m'avertir que plusieurs Sidariens ont trouvé la mort, sans doute accidentellement, depuis votre arrivée. Je vous prierai d'appliquer tous vos soins à éviter ce genre d'accidents, car je suis directement responsable du bien-être et de la sécurité des indigènes auprès de votre gouvernement. D'ores et déjà, je vais être contraint par mes fonctions de faire un rapport sur les accidents en question.

Le commandant marqua un autre silence, plus prolongé que le premier.

— J'ignorais encore que ces accidents aient eu lieu, dit-il enfin. Ayez l'assurance qu'ils ne se renouvelleront pas tant que la situation ne sera pas éclaircie... D'autre part, je consens à adoucir provisoirement les premières dispositions que j'ai prises à votre égard, en vous autorisant à aller et venir à votre guise, sans sortir du village, toutefois, et toujours sous l'escorte de dix soldats affectés à votre garde.

Le Résident pensa qu'il lui serait difficile d'obtenir davantage.

— Merci, fit-il d'un ton sec.

Il fit demi-tour et se dirigea vers la Résidence au milieu des Sidariens agglutinés autour de lui comme des enfants cherchant protection.

Il fut à la Résidence en cinq minutes. Inquiets, de petits groupes d'indigènes l'attendaient dans la rue. Il monta les trois marches du seuil pour dominer ses anciens administrés.

— J'ai parlé au commandant xressien. Vous n'avez rien à craindre tant que je suis là. Rentrez chez vous et vivez comme d'habitude. Les Xressiens ne vous feront pas le moindre mal.

— Ils ont tué sœur Xaog, lança une voix, ils ont tué avec...

— C'était un accident ! tonna le vieil homme. Rentrez chez vous ! Si quelque chose ne va pas, venez me chercher.

Un à un, les petits groupes tournèrent les yeux vers l'autre bout de la rue. Dix Xressiens marchaient vers la Résidence. Les autochtones s'éparpillèrent dans toutes les directions.

— Ça commence, murmura le Résident. Combien de temps ai-je gagné ? Une heure ou plusieurs jours ? La situation est sans issue. J'aurais dû mourir avant de voir ça, au lieu de me conduire comme un imbécile.

Les rats aux membres grêles s'arrêtèrent devant le vieil homme. Avec un ensemble parfait, ils firent un petit salut en forme de plongeon à son adresse et se divisèrent. Deux s'assirent sur les marches, les autres firent le tour des bâtiments pour garder toutes les issues.

Le Résident tourna le dos avec mauvaise humeur. Il se heurta à Xaog debout derrière lui.

— Tiens, tu es là, toi ! bougonna-t-il. Eh bien, reste avec moi si ça te chante.

Il le poussa à l'intérieur et claqua violemment la porte.

Assis au soleil, les rats jacassèrent entre eux dans leur crécelle natale. A deux cents mètres de là, surmontant le faîte des bâtisses sidariennes, quatre champignons géants se dressaient sur l'horizon.

CHAPITRE IX

Du haut de la falaise, les deux robots avaient pu suivre les phases les plus importantes des événements.

— Mon maître a vieilli, dit Martial. Il s'est voûté, empâté, ses cheveux sont tout blancs... Je donnerais cher pour savoir ce qui se passe exactement.

— Si votre maître est encore là, c'est que l'exode terrien n'a pas encore été effectué. Il avait l'air de parlementer d'égal à égal avec les Xressiens. Il est donc toujours en fonction.

— Quelque chose cloche ! murmura Martial. mon maître avait l'air soucieux. La nuit va bientôt tomber. Je crois qu'il vaut mieux attendre qu'elle soit complète pour se risquer dans le village.

— Restons donc tapis dans l'herbe, l'œil aux aguets, plaisanta Lionel. D'ici là, nous apprendrons peut-être quelque chose de nouveau.

A quelque distance des deux compagnons, la

falaise perdait de sa hauteur et s'inclinait progressivement sur deux cents mètres de pente douce jusqu'au niveau d'une colline proche du village.

Depuis quelques minutes, les hautes herbes bougeaient de ce côté. Un œil averti aurait deviné à ce signe l'approche lente et précautionneuse de quelque chose.

Fatigué de regarder toujours vers le village, Lionel tourna la tête et s'aperçut du phénomène. Il en avertit Martial.

— C'est sans doute un animal, dit celui-ci.

— Je ne crois pas. Regardez bien : la progression est beaucoup trop régulière. Je veux en avoir le cœur net. Je vais vous laisser ici avec le sac. Vous ne risquez absolument rien, je serai de retour le plus vite possible.

Martial cligna des yeux en signe d'assentiment tandis que Lionel se jetait à plat ventre dans les herbes et rampait le plus vite possible vers ce qui l'avait intrigué.

La reptation n'était pas recommandée aux humains, sur Sidar. Trop d'insectes ou de reptiles venimeux peuplaient le sol de cette planète. Mais Lionel était un robot. Il se fit mordre et piquer plusieurs fois aux mains pendant son trajet sans en souffrir le moins du monde. Quant à ses jambes, elles ne couraient pas grand risque, la partie supérieure du corps de Lionel déblayant le chemin au passage.

Il parvint bientôt à l'orée d'un boqueteau devant lequel le mystérieux visiteur ne pouvait manquer de passer ; la voie était bloquée à droite et à gauche par d'impénétrables buissons d'épineux.

Bientôt, il distingua une silhouette grisâtre qui se

rapprochait par bonds apeurés en regardant souvent derrière elle. C'était un Sidarien. Il paraissait fuir.

Craignant de l'effrayer, Lionel se garda de bouger tant que l'indigène ne fut pas à sa portée. Mais quand celui-ci passa à deux mètres de lui, il lui bondit sur les épaules et réprima son cri de terreur en lui bâillonnant la bouche de la main.

— Tu n'as rien à craindre, lui souffla-t-il dans l'oreille, je suis un Terrien.

Il attendit que le regard de son prisonnier perdît de son effroi pour le lâcher.

— Que fais-tu ? lui demanda-t-il.

Assis dans l'herbe, le Sidarien branla la tête en roulant des yeux tristes.

— Ça Xressiens très mauvais, dit-il. Moi sauver dans jungle.

— Tu as tort, conseilla Lionel. Bientôt il y en aura dans la jungle aussi. Et je ne serai pas là pour te défendre... Qu'a dit le Résident ?

L'indigène eut un triste sourire.

— Rizident gueuler beaucoup fort sur vilains rats. Rats très peur ! Mais Rizident vieux et tout seul, alors moi fout' le camp !

Il tourna un regard apeuré sur les énormes champignons dorés par le couchant.

— Ecoute, dit Lionel en lui mettant la main sur l'épaule, le Résident ne sera plus tout seul si tu me mènes auprès de lui. Nous serons alors deux Terriens pour veiller sur le village ! Et même trois ! J'ai un ami caché tout près d'ici.

Le Sidarien secoua les oreilles. Il paraissait peu convaincu.

— Moi fout' le camp, répéta-t-il... Pas possible entrer chez Rizident. Vilains rats garder porte.

Son visage s'illumina soudain !

— Si toi veux voir Rizident, toi passer par souterrain !

— Quel souterrain ?

Le Sidarien, heureux d'avoir trouvé un moyen de se défiler, claqua un timide « nana » sur la poitrine du robot.

— Père moi dit toujours souterrain entrer chez Rizident. Autrefois longtemps, beaucoup Krôtangs ici. Venir à cinq ou six pour manger village, les Krôtangs. Alors, père moi dit tous habitants village sauver par souterrain, souterrain sous maison Rizident. Aujourd'hui plus beaucoup Krôtangs, mais souterrain toujours là ! Souterrain arriver dans cave Rizident.

Pour Lionel, cette information était magnifique.

— Je te remercie, dit-il. Comment t'appelles-tu ?

— Moi Bahig !

— Bahig, je te laisserai partir quand tu m'auras montré la sortie du souterrain.

Bahig tendit le doigt en direction d'un bois d'arbres à crosses.

— Là-dedans, père à moi montrer trois grosses pierres, grosses, grosses ! Père moi dire là vieux souterrain.

— Et tu n'y es jamais entré toi-même ?

— Non !

— Et ton père ?

— Oui.

— Où est ton père ?

— Père mort longtemps.

Lionel leva les yeux. La nuit approchait. Il lâcha l'épaule du Sidarien.

— Merci beaucoup, Bahig. Tu peux partir si tu veux.

Le Sidarien regarda ses genoux avec embarras. Puis il leva un regard confiant vers le robot.

— Moi rester si tu veux ! Moi pas fout' le camp. Moi entrer souterrain avec toi.

CHAPITRE X

Etendu tout habillé sur son lit, le Résident ne pouvait dormir. La présence devinée des Xressiens gardant toutes les issues lui tapait sur les nerfs.

Dans le village, tout se taisait. Les indigènes devaient se terrer chez eux. De temps en temps, des trottinements griffaient le silence de la rue. Rondes de rats xressiens ou brise nocturne soulevant la poussière ? Le Résident prêtait l'oreille, tombait dans une torpeur moite, se retournait sur sa couche, fermait l'œil deux minutes et s'éveillait en sursaut.

Accroupi dans un coin de la chambre, Xaog tremblait sans arrêt, les yeux grands ouverts.

Agacé, le vieil homme se leva soudain pour s'approcher de la fenêtre. Il remonta la moustiquaire de plastique et regarda dehors. Les champignons irradiaient dans la nuit une lueur phosphorescente découpant leurs contours. Plus près, autour de la Résidence et devant la porte, on devinait de grises silhouettes en éveil. Quelques phrases de criquet chuchotèrent sous la fenêtre.

« Ils m'ont vu », pensa le Résident.

Un cri étouffé vint de Xaog. Le vieil homme laissa tomber la moustiquaire et se tourna vers l'indigène.

— Qu'est-ce qui te prend ? chuchota-t-il à l'adresse de son protégé.

Il le vit désigner la porte de la chambre.

— Là, quelqu'un dans couloir. Xaog peur.

Le Résident alluma en disant :

— Tu es fou !

Mais une silhouette humaine se découpait sur l'ombre, dans le cadre de la porte. Le Résident réprima un sursaut et s'approcha du visiteur fantôme.

— Lorrain ! s'exclama-t-il.

Lionel mit un doigt sur ses lèvres.

— Eteignez la lumière, souffla-t-il.

Le Résident obéit. Lionel fit quelques pas dans le noir de la chambre.

— Vous êtes revenu, dit le Résident à voix basse. Comment avez-vous pu entrer ici ? Vous a-t-on vu ?

— Personne ne m'a vu, Résident. J'ai quelque chose à vous révéler.. Veuillez me suivre à la cave.

— Quelle drôle d'idée ! Pourquoi ?

Lionel le prit par la main et l'entraîna doucement.

— Bigre, dit le vieil homme. Vous avez la main glacée.

Lionel se souvint que son bras gauche, réparé à la diable, ne dégageait aucune chaleur. Il mentit :

— J'ai eu très froid tout à l'heure. Je vous expliquerai.

Ils descendirent quelques marches et entrèrent dans la cave éclairée. Allant devant, Lionel tournait le dos au vieil homme. Tout en gardant cette position, il s'arrêta et dit :

— Vous allez regarder mon visage, Résident. Attendez-vous à un choc !

Il se retourna brusquement. le Résident ouvrit la bouche, hésita :

— Lorrain, dit-il, vous... non, vous n'êtes pas... vous êtes Lionel 1613.A.C., robot de Lorrain du même matricule.

— Exact, sourit Lionel. J'ai trop bonne mine et le visage trop imberbe pour un homme qui revient des jungles. Mais vous avez hésité, Résident...

— Où est votre maître ? Est-il...

— Mort ! dit Lionel.

Il leva la main pour réprimer l'exclamation du vieil homme et poursuivit :

— Je l'ai ramené. Il est ressuscitable !

— Mais comment...

— Excusez-moi, j'ai beaucoup de choses à vous annoncer. Laissez-moi parler, Résident. Ensuite, je vous demanderai des nouvelles officielles, des éclaircissements sur ce qui se passe ici. Asseyons-nous.

Le Résident se laissa tomber sur une caisse.

— Je ne suis pas seul, dit Lionel. Quelqu'un m'a guidé jusqu'à vous par un souterrain dont vous ignoriez l'existence et qui aboutit dans la cave voisine. Il appela :

— Bahig !

— Bahig, murmura le Résident, mais c'est un habitant d'ici, je...

L'indigène entra par une porte du fond de la pièce. Il regarda le Résident de ses gros yeux timides.

— Père moi dit souterrain quand moi petit, longtemps, longtemps. Moi dit patron Lionel souterrain. Patron Lionel venu moi avec.

Il leva des mains hésitantes devant lui et souffla en conclusion : « Nanana ! »

— Attendez-vous à une autre chose, dit Lionel. Je vais réveiller des souvenirs pénibles, je m'en excuse...

Le vieil homme pâlit et fit un geste signifiant : allez toujours !

Lionel baissa les yeux.

— J'ai rendu visite à la tombe naturelle de votre robot, Martial 6738.A.B.

— Oui...

— Il est réparable !

Le Résident avala sa salive, il se leva :

— Ne dites pas de bêtises, le roc l'a complètement écrabouillé. Je ne l'aurais pas laissé...

— Sa tête est réparable. Sa tête avec tous ses souvenirs, toutes ses pensées modelées sur les vôtres, toute son affection pour vous. Sa tête : le principal.

Le Résident se rassit, jambes fauchées par l'émotion. Il bafouilla :

— Mais j'ai vu sous le roc, j'ai vu le métal déchiré, les fils enchevêtrés... le... c'est impossible...

— L'émotion vous a brouillé les yeux. Vous avez vu sans doute l'épaule ronde et en piteux état, vous l'avez confondue avec le crâne. La tête a été coupée net par une arête rocheuse, elle a sauté, rebondi, dévalé la pente jusqu'au torrent... Les indigènes l'ont retrouvée... J'ai essayé de la réparer, mais... je n'ai pas réussi... C'est faisable !

Le Résident se leva d'un bond et courut vers la porte du fond.

— Vous l'avez rapportée, n'est-ce pas ? Toutes ces périphrases sont destinées à me ménager, vous...

Lionel l'arrêta d'un bras ferme.

— Je n'ai pas fini, dit-il.

Il regarda le Résident dans les yeux.

— Oui, je l'ai rapportée. J'ai apporté la tête de Martial. Vous allez la voir.

Le vieil homme voulut se dégager.

— Laissez...

— Chut, dit Lionel. J'ai dit que j'avais essayé de la réparer. Je n'ai pas réussi... pas réussi... tout de suite !

Le Résident resta silencieux quelques secondes, paupières clignotantes.

— Martial... Martial vit ! dit-il d'une voix cassée. Martial vit et... et il est là, il...

— Sa tête est là, vivante, rectifia Lionel sans desserrer son étreinte. Ne vous livrez pas sur elle à de brutales démonstrations. Au sens propre, sa vie ne tient encore qu'à un fil.

Il lâcha le Résident qui bondit vers la porte. Des voix vinrent de la pièce voisine.

— Martial, mon petit... je...

— Calme-toi, Marco. Allons, vieux copain, calme-toi...

Discret, Lionel s'écarta de quelques pas, s'approcha de l'entrée de la cave. Il leva les yeux vers le haut des marches. Le visage hilare de Xaog apparut.

— Patron, dit Xaog, patron Lorrain. Toi revenu. Toi content voir Xaog ? Toi battu les Horbs ? Donne-moi cigarettes !

— Moi battu les Horbs ! plaisanta Lionel. Mais je crois qu'il y a légère erreur sur la personne ; je ne fume jamais.

CHAPITRE XI

Un bizarre conseil se tenait dans la cave. Un conseil composé d'une paire de Sidariens (qui, à vrai dire n'avaient que voix consultative), d'un homme, d'un cadavre et de deux robots dont l'un avait perdu son corps.

Ils discutaient depuis dix bonnes minutes.

— Sauver Sidar ! s'exclamait le Résident. pourquoi Lorrain ne m'a-t-il rien dit ? S'il m'avait parlé, j'aurais...

— S'il vous avait parlé, vous auriez fait quoi ? coupa Lionel. Rien de plus !

— Je ne sais pas, j'aurais... Oh ! et puis c'est trop fantastique ! Vous me dites que Lorrain est venu en mission et il ne connaissait rien à Sidar. Rien ! Aucune notion pratique, aucune...

Il leva les bras au ciel et s'indigna :

— Aucune notice ! Un chargé de mission sans même les petites notices que l'on distribue aux moindres colons.

Lionel l'interrompit :

— Mon maître devait rencontrer quelqu'un à Gayam. Pour des raisons de discrétion, seul, ce quelqu'un était au courant. Or, ce quelqu'un est mort accidentellement la veille de son arrivée sur Sidar. Lorrain a dû se débrouiller seul, absolument seul ! Sans vous, il n'aurait certainement pas réussi à me retrouver. Jusqu'ici, tout a été une succession de miracles. Jusqu'à votre idée de mentir aux Xressiens en vous attribuant des pouvoirs que vous n'avez plus !

— Vous appelez ça une idée ! gémit le Résident. J'appelle ça un coup de tête. Qu'allons-nous faire quand les Xressiens s'apercevront que je leur ai menti, que je n'ai plus aucune fonction, que je devrais être replié sur Gayam depuis longtemps ?

— Vous ne pouviez pas faire autre chose, dit Lionel. Votre coup de tête, comme vous dites, vous a fait gagner du temps. Mais il ne faut pas compter sur un délai prolongé. A l'heure qu'il est, le commandant xressien s'est déjà mis en rapport avec ses supérieurs, ces supérieurs ont pris contact avec le gouvernement terrien de Gayam. Vous imaginez la suite. Ou bien vous serez rapatrié de force, c'est-à-dire seul (car il ne sera question de réparer ni Martial ni moi, ni de ressusciter mon maître, étant donné la pagaille autoritaire et paniquarde qui règne sur la capitale) ; ou bien les autorités terriennes se désintéresseront totalement de votre cas et donneront carte blanche aux Xressiens. Vous savez alors ce qui nous attendra tous.

Le Résident se taisait.

— Tiens-tu tellement à Sidar, Marco ? s'informa Martial.

Le Résident posa une main affectueuse sur la tête de son ami.

— J'y tenais parce que je t'y croyais mort. Et... et je voulais y mourir aussi. Il me semblait que c'était une fin digne de moi que de disparaître en défendant ces pauvres Sidariens.

Son regard caressa distraitement Xaog et Bahig, qui attendaient sans y comprendre grand-chose la fin de la discussion. Le Résident continua :

— Maintenant, rien ne s'opposerait à mon départ...

Il se leva et ajouta :

— Mais puisque notre ami Lionel prétend qu'il est encore possible de sauver Sidar, la question ne se pose plus.

Puis se tournant vers Lionel :

— Vous dites qu'il est indispensable d'aller à Gayam !

Lionel précisa :

— Pour sauver Sidar, il est indispensable que Lorrain soit à Gayam, et vivant ! Ecoutez : il est trop tard pour partir normalement, j'ignore quelle sera la réaction des Xressiens quand ils sauront que vous leur avez menti. D'autre part, l'occupation prématurée de Sidar par ces affreux rats complique les choses. Il nous reste une chance, c'est de partir à quatre hommes, je veux dire à deux couples humanoïdes. Il importe pour cela qu'aucun des quatre ne soit une charge pour les autres. Excusez-moi, Résident, mais vous êtes âgé. Croyez-vous que je pourrai réussir ce miracle de vous ramener tous les trois : mon maître mort, vous et Martial ? Il faut que Martial soit réparé, mon maître ressuscité. Martial m'a confié que vous aviez tout ce qu'il faut ici. Nous serons alors au moins trois individus robustes pour traîner le vieillard que vous êtes. Pardonnez à ma franchise.

— C'est que... hésita le Résident, je n'aurai pas le cœur d'abandonner ces braves gens.

Lionel leva une main rassurante.

— Faites confiance à la Terre !

Le Résident bondit.

— Comment ! explosa-t-il, c'est vous qui me dites cela ! Etes-vous détraqué ou quoi ? Vous venez de me dire que les gens de Gayam sont en pleine panique ; vous savez que votre gouvernement abandonne lâchement les indigènes à ces assassins ! La Terre me fait honte ! Voilà la vérité, j'ai honte des hommes, qui...

Il fronça les sourcils et continua :

— Je sais, je sais. Il y a vous et Lorrain pour sauver Sidar, vous me l'avez dit. Mais votre histoire me paraît invraisemblable. Et d'abord, que faisiez-vous en pays Horb ?

— Justement, dit Lionel. J'y faisais quelque chose de très important. Mais je n'ai pas le temps de vous expliquer cela maintenant.

Il prit le Résident par les épaules et le regarda dans les yeux :

— La Terre fait ce qu'elle peut, Résident. Elle ne saurait livrer une guerre perdue d'avance pour sauver deux ou trois millions d'indigènes primitifs. Ce serait un beau geste inutile. elle a essayé de reculer le plus possible la date de cession à Xress, espérant ainsi transplanter les populations sidariennes sur Vénus avant l'occupation xressienne. Elle a échoué, j'en conviens, devant la hâte des envahisseurs. Mais elle n'a pas dit son dernier mot.

— Que racontez-vous là ?

Ignorant l'interruption, Lionel continua :

— Il sera impossible de sauver tous les indigènes. Nous n'aurons pas le temps. Mais nous en sauverons beaucoup. Ceux de ce village, en particulier !

Le Résident haussa les épaules et se rassit en bougonnant.

— Vous voulez dire que leur évacuation est prévue ? Où sont les astronefs ? Les derniers Terriens de Gayam partent définitivement dans un mois. Je suis un fonctionnaire, je le saurais, tout de même, si...

— Même le Gouverneur ignore tout ! coupa Lionel.

Il posa ses mains sur les genoux du Résident assis devant lui et dit :

— Laissez-moi parler, Résident. Le temps presse. Il se prépare quelque chose de sensationnel, quelque chose dont vous n'avez aucune idée. Je vais vous en donner la preuve.

Il se leva et marcha de long en large dans la cave.

— Vous savez, dit-il, que je tenais pour le compte de mon maître une factorerie en pays Horb, n'est-ce pas ?

Le vieil homme approuva. Lionel reprit :

— Je donnais aux Horbs des miroirs et d'autres babioles ; en échange de quoi, à votre avis ?

— En échange de graines d'arbres à crosses. C'est tout ce qu'un Horb est capable de récolter d'utile.

— Pour quoi faire ?

— Comment ? Que voulez-vous dire ? A cause du

chlorate de potasse qu'elles contiennent en proportion fantastique, naturellement.

Martial sourit :

— On se croirait à l'école primaire.

Lionel reprit :

— Et avec ce chlorate de potasse, on fait de l'oxygène pour reconstituer les réserves des astronefs de retour vers la Terre. Le procédé est long, coûteux, les frais de transport des graines augmentent encore le prix de revient. Et de plus, il y a beaucoup plus d'arbres à crosses en pays sidarien proprement dit qu'en pays Horb. J'ajoute encore que les mines de baryte proches de Gayam sont très loin d'être épuisées, que le procédé de fabrication de l'oxygène par la baryte revient à zéro crédit virgule zéro trois, que l'oxygène fabriqué à partir des graines d'arbres à crosses coûte un crédit virgule deux par litre...

Le Résident se frappa le front.

— Mais oui, je me rappelle une histoire qu'un journaliste voulait déclencher, il y a quelque temps. Il parlait de pots de vin, de fabrication d'oxygène, il voulait impliquer les compagnies de transport de graines, les factoreries, je ne sais plus qui encore ! L'affaire a été étouffée.

— Où voulez-vous en venir, Lionel ? demanda Martial.

Lionel sourit.

— A ceci, dit-il. La fondation d'une factorerie en pays Horb ne se justifie ni par l'intérêt général, étant donné que Gayam a de la baryte à ses portes, ni par l'intérêt particulier quand on sait qu'il y a beaucoup plus d'arbres à crosses ailleurs et plus près de la capitale. Alors ?

— La factorerie n'était qu'un prétexte à votre présence en pays Horb ! lança le Résident. C'est bien ça ?

— Ce qui prouve que la politique est une chose bien compliquée, dit Lionel. Une politique peut paraître saine et probe tout en cachant d'abominables dessous. Elle peut aussi sentir la pourriture en masquant de nobles projets.

— Et que cachait cette factorerie ? ricana le Résident. Un piège à Xressiens ?

Lionel mit un doigt sur ses lèvres :

— Ne m'en demandez pas plus pour l'instant.

Il désigna le sac mortuaire posé dans un coin et relié par un fil à une prise de courant. Il dit :

— Le sort de cette planète est lié à la vie de Lorrain et à la mienne. Il vous l'expliquera lui-même quand il revivra.

— Mais...

— Oui, Résident, je sais, il y a beaucoup de questions à poser, n'est-ce pas ? Mais si vous les posez maintenant, nous n'aurons jamais le temps d'agir et vous n'obtiendrez que la pauvre satisfaction de disparaître en connaissant parfaitement les détails du plan que vous aurez fait échouer par votre curiosité. Pour sauver Sidar, il faut ressusciter Lorrain. Pour ressusciter Lorrain, il faut du temps et du matériel chirurgical. Nous aurons du temps si nous nous mettons à l'abri des Xressiens. Quant au matériel, nous emporterons le vôtre.

— Mais, les Sidariens ?

— N'ayez pas peur, j'y pense ! dit Lionel. Ils ne leur feront pas de mal, d'après ce que vous m'avez dit, tant qu'ils ignoreront votre mensonge.

Il se tourna vers les deux indigènes.

— Xaog et Bahig, dit-il, ferez-vous ce que je vais vous demander ?

— Faire tout comme tu dis, affirma Xaog.

— Bien. Vous allez sortir par le souterrain pour ne pas être vus des vilains rats.

— Ça bon, dit Bahig.

— Ensuite, vous reviendrez au village, toujours sans donner l'éveil aux rats. Vous irez avertir tous vos amis que je veux les sauver et qu'il faut m'obéir. Passez par les toits ou les terrasses, débrouillez-vous, mais pas de bruit !

— Ça bon.

— Qu'ils vous suivent à la faveur de la nuit, par petits groupes, en emportant de la nourriture pour longtemps. Tous au souterrain en passant par la falaise, compris ? Et... doucement, hein !

— Rats rien voir du tout, dit Bahig.

Les deux indigènes filèrent au fond de la cave. On les entendit piétiner des gravats. Le son de leurs pas décrut dans les profondeurs du sol.

— Il ne nous reste plus qu'à les attendre, dit Lionel.

Il se tourna vers le Résident.

— Avez-vous des explosifs, ici ?

— Des explosifs ? Oui, c'était parfois bien utile pour les passages difficiles, dans mes tournées d'inspection. Il m'en reste deux ou trois caisses.

— Parfait ! J'ai vu une fusée dans votre cour, tout à l'heure. Est-elle en bon état ?

Le Résident eut un rire triste.

— Si elle était en bon état, le Gouverneur l'aurait réquisitionnée depuis longtemps. Elle part bien, remarquez, mais la direction est complètement faussée. A l'atterrissage, c'est, passez-moi l'expression, un casse-gueule inévitable.

— Aucune importance !

— Que comptez-vous faire ?

— Moi, j'ai compris, dit la tête de Martial posée sur une caisse.

Le Résident regarda interrogativement son robot. Celui-ci expliqua :

— Si tu étais le commandant xressien et si tes hommes t'avertissaient que le Résident a disparu mystérieusement malgré les gardes postés aux issues, que ferais-tu ?

— Je chercherais immédiatement un... mais bien sûr !

— Tu chercherais immédiatement un passage secret, compléta Martial. Et tu le trouverais.

— Bravo ! apprécia Lionel.

— Oh ! ce n'est pas difficile, dit le vieil homme. Je me demande comment je n'y ai pas pensé. Vous avez l'intention de faire partir la fusée toute seule le plus loin possible et de faire sauter la Résidence aussitôt après pour boucher l'entrée du souterrain sous les décombres. Ils n'auront pas à chercher par où je suis sorti puisqu'ils croiront que j'ai utilisé la fusée.

— Assez discuté, dit Lionel. En attendant la main-d'œuvre sidarienne, commençons à déménager le plus de choses possible dans le souterrain. Martial nous regardera travailler.

— Je vous revaudrai ça quand j'aurai un nouveau corps, dit Martial en souriant.

TROISIEME PARTIE

CHAPITRE PREMIER

Lorrain eut brusquement très mal dans la poitrine. Il eut l'impression que son cœur menaçait de s'arrêter et qu'on cherchait à le relancer à violents coups de fouet. Chaque coup se répercutait en étoile le long de son réseau nerveux, le faisait souffrir à hurler dans ses moindres fibres.

Il voulut crisper ses mains sur sa poitrine mais ne put bouger le petit doigt. Il voulut voir qui le torturait ainsi, mais ses paupières pesantes restèrent lourdement fermées.

Des voix, des voix connues, déformées par des diffuseurs mal réglés, des voix s'éloignaient, se rapprochaient, lui éclataient aux oreilles, ondulaient en échos tremblés, se déformaient en miaulements dans lesquels sa conscience fragile pêchait des mots vides : « ... influx nerveux... voltage... Marc... Marc... Marco... pneumo... pneumogastrique... hibernation... »

Puis ce fut le calme, l'impression délicieuse de flotter entre ciel et terre, entre vie et mort. Comme dans certains rêves, il se sentit tomber lentement vers un sol lointain, si lointain...

Une vive lueur blessa ses pupilles à travers l'écran rose des paupières. Il leva une main lourde et en voila son visage.

« Victoire, souffla une voix connue, baissez la lumière. »

Il essaya d'ouvrir les yeux, ne put y parvenir. Des mots dansaient dans son crâne : « Victoire... lumière... toire... toire... lumière... » Il s'endormit d'un sommeil de plomb.

....

Lionel poussa doucement dehors le Résident et Martial. Il les suivit sur la pointe des pieds et ferma la porte derrière lui avec précaution.

Ils se retrouvèrent dans un couloir où clignotait une ampoule jaunâtre. Lionel leva les yeux vers l'ampoule.

— L'opération a tiré sur les réserves, dit le Résident ; tu devrais peut-être aller charger la batterie, Martial. Je suis épuisé.

— Va dormir, conseilla Martial. Je m'en occupe.

Il marcha vers l'extrémité du couloir. Son nouveau corps paraissait bardé de métal, comme l'étaient les robots du temps passé ; son visage était couturé de cicatrices.

— Lorrain sera sur pied d'ici huit jours, dit Lionel. Il retrouvera toutes ses facultés en deux semaines. Le plus dur est fait. Essayez de dormir une dizaine d'heures, Résident. Je vais voir ce que font les indigènes.

— Comment vont vos jambes ? s'informa le vieil homme.

— Merveilleusement, je ne regrette pas les jambes de Lorrain.

Le vieil homme eut un sourire désabusé :

— Il y a des moments où je voudrais être un robot, dit-il. Dieu, que j'ai sommeil.

Il donna une tape amicale sur le bras de Lionel et passa une porte en bâillant à se décrocher la mâchoire.

Lionel descendit quelques marches sur sa droite et décrocha une lampe de poche pendue au mur. Il entra dans une salle obscure où le faisceau lumineux de sa lampe révéla au passage des stalactites en tuyaux d'orgue, des concrétions calcaires à l'aspect de dentelle et le reflet bleuâtre d'une petite rivière souterraine.

Il faillit buter sur un indigène accroupi au bord de l'eau.

— Que fais-tu là, Bahig ?

Le Sidarien cligna des yeux dans la lumière crue.

— Moi pêcher. Moi barrer rivière avec filet. Déjà pêché beaucoup gloms.

Il désigna sur le sol un petit tas de batraciens glaireux. Lionel le quitta et marcha vers le halo lumineux venu d'une autre grotte faisant suite à la première. Un brouhaha de voix irritées parvint à ses oreilles. Il pressa le pas et entra dans la deuxième grotte où brillait un grand feu.

Spacieuse, cette grotte contenait un bivouac d'environ quatre centaines de Sidariens. A grand renfort de gifles, trois d'entre eux se disputaient une outre de sève d'arboral. L'un des trois était Xaog. Quand ils virent arriver Lionel, ils cessèrent de se battre et prirent un air coupable, sans lâcher l'outre pour autant.

— Vous n'êtes pas fous, par hasard ? gronda Lionel. Je te croyais raisonnable, Xaog.

Xaog agita les oreilles.

— Moi dormi, eux voler ma sève. Moi réveillé pas content.

Lionel fronça les sourcils, l'air sévère.

— Je vous ai défendu de faire du bruit. Si vous criez, les vilains rats vont vous entendre.

Accroupie sur le sol, une femme se voila le visage tandis qu'un enfant se blottissait contre elle.

— Moi marre vivre ici, dit un Sidarien.

— Moi sortir ! lança un autre.

« Aïe ! pensa Lionel, ça devait arriver. »

Déjà, sans regarder le robot en face, plusieurs indigènes conversaient entre eux dans leur langue, d'un air mécontent.

— Vous voulez vous faire tuer par les rats ? dit Lionel.

— Non, cria quelqu'un, moi courir vite. Rats pas rattraper.

Cela sembla aux autres d'une logique à toute épreuve. Plusieurs se levèrent et sautèrent sur place, en se congratulant à coups de « Nanana ! Nous courir vite ! »

« Si je n'arrête pas ça tout de suite, c'est la foire se dit Lionel. »

— Ecoutez-moi, cria-t-il. Nous allons sortir tous.

Après une seconde de silence hébété, les nananas fusèrent de toute part avec enthousiasme.

— Chut ! fit Lionel en mettant un doigt sur ses lèvres.

— Chut ! Chut ! se firent les indigènes les uns aux autres en imitant Lionel avec des clins d'œil complices et en s'envoyant des coups de coude dans les côtes.

Le silence se rétablit.

Attiré par les événements, Bahig rentra dans la salle. Il portait sa pêche visqueuse dans la conque de ses grandes mains.

— Ecoutez-moi, dit Lionel.

Attentif, bouche ouverte, Bahig ne quittait pas des yeux le visage du robot. Son voisin en profitait pour cueillir innocemment dans ses mains les batraciens qu'il croquait tout crus l'un après l'autre, tout en lançant des « chut ! » autour de lui.

Lionel réfléchit à toute vitesse. Il conclut qu'il n'avait qu'un moyen de les faire tenir tranquilles. Il allait les enivrer. Cette sève d'arboral qu'il avait rationnée au début, il allait la répandre à flots et provoquer une cuite monumentale. Ils en auraient bien pour huit jours à s'en remettre. S'ils retrouvaient leurs velléités de révolte au bout de ce délai, il n'y aurait qu'à recommencer. Mentalement, Lionel calcula qu'il pourrait les retenir ainsi pendant plus d'un mois.

Déjà, les indigènes s'impatientaient du silence de Lionel. Il prit la parole.

— Avant de partir, j'ai une surprise pour vous. Mais il faut me promettre de ne pas faire de bruit !

Un murmure de bonne volonté passionnée courut sur la foule.

— Pour fêter le départ, je distribue la sève à volonté.

Un tumulte joyeux s'ensuivit. « Nananas. » On faillit le porter en triomphe.

— Pas de bruit, cria-t-il.

Conscient de ses prérogatives de guide occasionnel, Xaog sentit qu'il avait à faire preuve d'autorité. Il monta debout sur une pierre et hurla :

— Patron Lionel dit pas de bruit !

— Chut ! souffla le robot.

— Chut, répéta Xaog.

Il se pencha vers Lionel et lui donna trois petites tapes timides sur la poitrine en soufflant à voix basse : « Nanana. »

Les autres l'imitèrent en s'inondant réciproquement de nananas étouffés, avec des airs de conspirateurs.

CHAPITRE II

Martial rencontra Lionel dans le couloir.

— Comment va votre maître ? demanda Martial

— Je ne sais pas, j'y vais, dit Lionel. Hier, il a fait des progrès sensationnels. J'ai eu de la peine à le convaincre de se reposer un peu. Il aurait marché toute la journée... Oh ! je ne m'inquiète ni pour ses jambes, ni pour son cœur, mais pour son cervelet. Ses vertiges sont encore fréquents. Sans l'aide de votre maître, je ne sais pas si je me serais bien tiré de cette intervention.

Ils entrèrent dans la chambre du fond. Appuyé sur deux cannes, Lorrain boitillait de long en large, il parlait au Résident assis au pied du lit.

— Déjà debout ? dit Lionel. Tu n'es pas raisonnable.

— Le temps presse, répondit Lorrain. Il faut que je retrouve mes facultés le plus tôt possible. Mes réflexes sont encore insuffisamment rééduqués

— Résident, vous n'êtes pas raisonnable non plus,

accusa Lionel. Vous auriez dû l'empêcher de se lever avant ma permission.

Le Résident parut ne pas entendre. Il avait l'air égaré. Lionel regarda le vieil homme et Lorrain tour à tour.

— Que se passe-t-il, Marco ? demanda Martial. Tu n'as pas l'air dans ton assiette.

— Hein ? Oh ! bonjour, vous deux !

— Je parie que Lorrain vous a révélé notre secret devina Lionel. J'avoue qu'il y a de quoi être secoué.

Lorrain protesta :

— Je lui en ai seulement touché un mot ; il ignore les détails.

Le Résident regarda son robot.

— Martial, dit-il, si tu savais... Racontez-lui, Lorrain.

— Minute, coupa Lionel. Je ne veux pas que Lorrain s'énerve avec tout ça pour l'instant.

Il posa la main sur l'épaule de son maître et le fit asseoir sur le lit.

— Laisse-moi t'examiner, dit-il.

— Oh ! encore ces simagrées inutiles ! Je sens que je vais très bien maintenant.

— Allonge-toi, s'il te plaît. Résident, veuillez lui laisser la place.

Le vieil homme se leva tandis que Lorrain s'étendait sur le dos. Lionel posa sur la poitrine dénudée du rescapé un étrange appareil terminé par quatre boules métalliques de différentes grosseurs. L'appareil était relié par un fil à un cadran fixé au mur. Lionel abaissa une manette. L'écran s'illumina de deux courbes lumineuses ondulant avec régularité.

Lorrain tourna la tête et considéra l'écran d'un œil sagace.

— Eh bien, dit-il au bout d'un instant, il me semble que ce cardiogramme est parfait, non ? Je vais regretter de ne pas avoir eu plus tôt un cœur artificiel.

Sans rien dire, Lionel éteignit l'écran et abaissa la chemise de Lorrain sur la longue cicatrice en V couturant sa poitrine.

— Ça va, docteur ? plaisanta Lorrain.

— Si tu respectes bien l'horaire de tes séances d'oscillothérapie, tu seras définitivement en forme dans trois ou quatre jours, dit Lionel.

Il ouvrit un placard et lança une bouteille d'oxygène sur les genoux de son maître.

— Tiens, dit-il. Tu as trop de défense maintenant pour que je puisse t'empêcher de parler pendant des heures. Mais n'oublie pas que tu es sur Sidar ; respire souvent !

— Il me serait difficile de l'oublier, dit Lorrain en se redressant et en portant la main à sa gorge. Ma greffe laryngée me gêne assez.

Une idée lui passa par la tête.

— Que font les Sidariens ? demanda-t-il.

— Ils sont pleins comme des barriques et ronflent en chœur. C'est leur deuxième saoulographie générale en douze jours.

Le Résident trépignait visiblement d'impatience.

— Lorrain, dit-il, exposez vos projets à Martial. Il n'est pas encore au courant.

Lorrain regarda Martial en débouchant distraitement sa bouteille d'oxygène.

— Lionel vous a déjà laissé entendre que notre factorerie n'était qu'un paravent à d'autres activités plus sérieuses, n'est-ce pas ?

— Oui, et je me suis toujours demandé quelles activités d'importance... planétaire pouvaient bien mener deux individus isolés en plein pays Horb.

Lorrain respira deux ou trois bouffées d'oxygène.

— La Terre, dit-il, n'a jamais eu l'intention d'abandonner Sidar aux Xressiens. Notre gouvernement a d'abord pensé à faire émigrer les Sidariens sur Vénus pour les soustraire au pouvoir mortel de Xress... Elle n'en a pas eu le temps. A mesure que les techniques xressiennes de voyages interplanétaires progressaient, leurs exigences se faisaient plus vives. Ils n'osaient évidemment pas nous attaquer de front, mais cherchaient à précipiter les étapes de notre abandon.

— Et nous en sommes à la dernière étape, dit Martial. Je ne sais pas ce que la Terre a prévu pour réussir, mais il est grand temps qu'elle fasse quelque chose. Lorrain approuva et dit :

— La Terre essaie depuis quatre ans de faire quelque chose. Elle essaye d'enlever Sidar au système d'Alpha du Centaure pour la capter dans notre système solaire.

Martial eut l'air ahuri par l'ampleur du projet. Le Résident intervint.

— J'ai déjà dit à Lorrain que cela me paraissait un rêve fou...

— Dites génial ! coupa Lorrain. Le procédé existe. Une équipe de savants terriens a bâti sur trois points différents de Sidar des... usines, si vous voulez, destinées à projeter la planète hors de son orbite.

— Mais alors ?

— Ils ont échoué...

Il leva la main pour couper court à toute exclamation.

— Ils ont échoué pour des raisons politiques. Au point de vue scientifique, le succès ne faisait aucun doute. Mais les Xressiens sont méfiants. Ces usines étaient théoriquement des usines d'oxygène ; en fait, elles cachaient autre chose. Les Xressiens nous ont obligés à les démonter avant leur achèvement, soupçonnant avec raison quelque stratagème. Ils nous ont fait remarquer que l'utilité de ces usines n'était pas justifiée puisque nous devions bientôt céder la place.

Le Résident serra les poings.

— Nous sommes plus forts qu'eux, il fallait...

— Non, coupa Lorrain. Nous sommes plus forts qu'eux théoriquement. Pratiquement, quoique ayant des moyens inférieurs aux nôtres, la proximité de leur planète d'origine leur donne la supériorité dans leur propre constellation ! Il a fallu ruser, avec l'aide des Horbs !

— Les Horbs ? Que viennent faire les Horbs dans cette galère ?

— Avec l'aide des Horbs et des nuits rouges, précisa Lorrain. Je vous expliquerai tout à l'heure.

— Je rêve... dit le Résident d'un air piteux.

— Vous ne rêvez pas. Il a fallu monter en quelque sorte une usine invisible. Il était impossible d'effectuer de grands travaux sur Sidar sans que les Xressiens le sachent. De chez eux, ils examinaient Sidar mètre par mètre, pratiquement à l'œil nu grâce à leurs instruments d'optique.

— Une usine invisible ! Ça alors... Mais une usine de quoi ?

— Suivez-moi bien, dit Lorrain. Quels moyens voyez-vous de projeter Sidar loin d'Alpha du Centaure ?

Le Résident se passa la main sur le front. Il hésita :

— J'aime mieux vous écouter que dire des bêtises... Je ne vois pas.

Lorrain se leva et fit quelques pas, aidé de ses cannes. Il frappa le sol du talon.

— Si nous creusons toujours tout droit jusqu'au cœur de Sidar, que trouvons-nous ?

— Tout écolier sait cela, dit Martial. Nous trouverons du calcaire, du granit, ensuite du basalte, et...

— Et du deutérium ! triompha Lorrain. Le noyau central de cette planète est une immense sphère de deutérium, autrement dit : de l'hydrogène lourd. Si nous le transformons en hydrogène léger, en hydrogène ordinaire, Sidar devient elle-même plus légère. En fonction de la bonne vieille loi de Newton, la planète sortira de son orbite, s'éloignera du soleil Alpha qui la retient à peine aux limites de son système.

— Je ne vois pas comment transformer le deutérium en hydrogène à cette échelle.

Lorrain fit un petit salut ironique en avant.

— Votre serviteur, dit-il, a trouvé ce moyen. Il suffit de bombarder le deutérium avec des rayons E' durs.

Lionel intervint :

— Lorrain a oublié de vous dire qu'il était un grand physicien.

— Merci, dit Lorrain.

Martial et le Résident se regardaient d'un air perplexe. Le Résident leva un sourcil.

— Je vais vous paraître idiot, dit-il, je n'ai jamais entendu parler des rayons E'.

— Moi non plus, avoua Martial. Vous les produisez avec votre usine invisible ?

Il eut un rire incrédule.

Lorrain s'allongea sur le lit en prenant une bouffée d'oxygène.

— Je suis fatigué, dit-il. Lionel est aussi un grand physicien. Explique-leur, Lionel !

Le robot prit un papier et écrivit :

E : rayons cosmiques émis par les étoiles de première grandeur, telle Alpha du Centaure.

E' : rayons cosmiques produits par le bombardement des rayons E sur un écran de graphite.

Il précisa :

— Exactement comme les rayons cathodiques donnent naissance aux rayons X en frappant l'anticathode d'un tube de Coolidge.

— J'ai compris, dit le Résident. Vous captez le rayonnement du soleil Alpha, vous exposez un écran de graphite pour transformer les E en E'. C'est ça, n'est-ce pas ?

— Oui, dit Lionel.

— Mais je suppose qu'il vous a fallu un écran gigantesque ! Où est-il ?

Lionel rit de contentement.

— Nous n'avons pas eu besoin de le mettre en place, il se promène tout seul dans l'espace depuis des centaines de milliers d'années...

Il jouit un instant de l'étonnement du Résident et de Martial et ajouta, mettant les points sur les i :

— La surface du Satellite 2 est une couche de graphite de trente kilomètres d'épaisseur. Pendant les nuits rouges, sa belle luminescence est due à l'échauffement de ce graphite bombardé par les rayons E du soleil Alpha. Il inonde alors d'E' les nuits sidariennes.

— Mais alors, comment se fait-il, le phénomène durant depuis des siècles, que l'on n'ait pas constaté un changement de masse de Sidar ? dit Martial.

— Elle devrait s'éloigner depuis longtemps d'Alpha ! s'étonna le Résident.

Lionel sourit derechef.

— Les E' émis par le Satellite sont trop « mous » pour pénétrer jusqu'au noyau de deutérium de Sidar. Pour les « durcir », c'est-à-dire pour réduire leur longueur d'onde, je me suis servi des Horbs.

— Vous vous êtes servi des Horbs ?

— Parfaitement. Rappelez à vous vos souvenirs de lycée, Résident. Comment durcit-on pratiquement n'importe quel rayon ?

— En lui faisant traverser du glacies... du glacies négativement ionisé...

— ... ou vulgairement un cristal de Mars, Résident, intervint Lorrain ; un de ces vulgaires cristaux de Mars qui inondent sur Terre les bazars bon marché.

— Or, continua Lionel, les miroirs de traite que j'ai répandus en abondance dans les tribus Horbs, ces miroirs d'apparence inoffensive sont en cristal de Mars, en glacies, comme vous dites.

— Nom d'un chien !

— Oui, et chaque nuit rouge, les Horbs y guettent l'image de leur Dieu, l'image de ce Satellite 2 qui envoie ses E' jusqu'au centre de Sidar, jusqu'au noyau de deutérium. L'idolâtrie Horb est l'instrument inconscient du durcissement des E'. Voilà comment l'ethnologie se joint à la physique pour envoyer une planète se promener dans l'espace ! La voilà, notre usine invisible, les Xressiens ne pouvant soupçonner le rôle d'une simple factorerie distribuant des babioles !

Le Résident se prit la tête à deux mains.

— Mais alors, nous nous évadons déjà du système Alpha, dit Martial.

— Pas encore, répondit Lionel. Les miroirs de glacies ne sont pas encore négativement ionisés. Il faut les ioniser à distance en pressant un simple bouton. Malheureusement, ce bouton est à Gayam.

Il se tourna vers le Résident.

— J'espérais, dit-il, que nous irions tous les quatre à Gayam. Mais les événements se sont précipités. La résurrection de Lorrain nous a pris trop de temps. Nous ne pouvons risquer de traverser les jungles avec un vieillard et un convalescent sur les bras. Vous allez rester ici avec Lorrain et les indigènes, Résident. Martial et moi partons pour Gayam.

— Mais, les Xressiens...

— Lorrain n'est pas compromis par votre mensonge aux Xressiens, il avait l'autorisation d'aller me chercher en pays Horb. Je vais me faire passer pour lui et Martial est assez défiguré par son accident pour prendre mon identité... Quand la planète va commencer à sortir de son orbite, les Xressiens vont s'envoler à toute vitesse.

Lorrain s'exclama avec bonne humeur :

— Ils n'en sont encore qu'aux voyages interplanétaires, pas comme nous aux voyages interstellaires ! Ils auront peur de ne pouvoir rentrer chez eux si Sidar s'éloigne. Pensez donc ! Nous avons là un moyen unique de les déloger sans effusion de sang.

CHAPITRE III

Lionel et Martial traversaient les faubourgs de Gayam.

Les robots ne connaissant pas la fatigue, ils avaient mis trois jours seulement à franchir les jungles.

Ils marchaient dans une grande avenue bordée d'immeubles abandonnés où nichaient les vautours. Des tas d'ordures jonchaient la chaussée boueuse. Des arbres à crosses poussaient dans les fissures des décombres.

Au bout de l'avenue, cependant, étincelaient les buildings du quartier administratif, témoins du passé prospère de la capitale sidarienne.

Ils tournèrent bientôt dans une petite rue un peu plus propre et butèrent contre une barrière magnétique signalée par des pancartes rouges. Deux policiers sortirent aussitôt d'un petit poste voisin et marchèrent sur eux avec dans leur attitude un mélange de supériorité, d'ennui nonchalant et de désapprobation.

— ... Foutez par là ? s'enquit le premier policier.

Savez pas que c'est défendu de se balader dans les quartiers abandonnés ?

— Je reviens du pays Horb, dit Lionel. J'ai une autorisation.

Lionel tira de sa poche divers papiers et les montra au policier. Celui-ci les éplucha soigneusement et regarda Lionel sous le nez, puis Martial.

— C'est votre robot ?

— Oui.

— Drôlement amoché. Vous ressemble plus du tout !

Le second policier avait un air débonnaire. Il cligna de l'œil vers Lionel.

— Faites pas attention, dit-il en parlant de son camarade. Il se croit obligé de faire du zèle. Moi j' m'en fous, comme on part dans huit jours !

L'autre le foudroya du regard.

— C'est pas une raison pour pas faire son boulot convenablement, aboya-t-il.

Il regarda Lionel avec suspicion et dit enfin :

— Allez, passez !

Il appuya sa botte sur l'interrupteur fixé aux bord du trottoir. Les deux robots avancèrent. Le policier ferma derrière eux.

Tandis qu'ils s'éloignaient, ils l'entendirent bougonner :

— Faudrait me payer cher pour aller chercher mon robot en pays Horb ! Pourrait crever, mon robot !

Il les rappela :

— Hé !

Lionel tourna vers lui un regard d'interrogation.

— ... Vous croyez encore dans la jungle ?... Pouvez pas monter sur les trottoirs ?

— Excusez-moi, dit Lionel.

Ils quittèrent la chaussée et entrèrent dans la ville. Ils croisaient, çà et là, des couples de frères ou de sœurs jumelles, dont il était difficile de savoir lequel était de chair ou de métal. En général, on reconnaissait les robots à leur air plus jeune.

Martial eut l'impression de retrouver la Gayam qu'il avait connue, gaie, animée. Seules quelques dissonances montraient qu'il se passait quelque chose. La foule était nerveuse, tendue. Beaucoup de boutiques étaient fermées. Sur la chaussée magnétique, les autos planant à vingt centimètres du sol étaient un peu moins nombreuses qu'autrefois. A ces signes, on sentait la proximité de l'exode.

Ils se dirigèrent vers l'hôtel Stella. Presque en arrivant, ils virent un remous de foule provoqué par quelque chose avançant sur le trottoir. Ils s'approchèrent.

Indifférents à la sensation qu'ils causaient, quatre rats de Xress déambulaient sur leurs petites pattes griffues. Sur leur torse grisâtre s'étalaient des hiéroglyphes indiquant une quelconque fonction officielle.

— Ils ne perdent pas de temps, grommela Lionel. Je ne savais pas qu'il y en avait déjà ici.

Une jeune fille blonde prit le bras de Lionel. Elle était toute pâle.

— Oh ! monsieur, dit-elle, ça me rend folle de les voir. Ça me donne envie de monter sur un tabouret. J'ai toujours eu peur des souris !

Une autre jeune fille, identique en tout point à la première, sourit à Lionel en disant :

— Excusez ma maîtresse, monsieur, les événements la rendent très nerveuse.

— Je comprends très bien, dit Lionel aimable à la femme-robot.

Il posa sa main sur l'épaule de Martial et dit :

— Mon robot a, lui aussi, toutes les peines du monde à me rassurer !

Les deux femmes s'éloignèrent. Lionel et Martial entrèrent dans le hall de l'hôtel.

L'employé de la réception faisait les cent pas en dévorant un journal. Lionel s'approcha.

— Je voudrais une chambre, dit-il. Ou plutôt, je voudrais la clef de la chambre 7812, elle m'était réservée.

— Plus de chambres, dit l'employé sans lever les yeux de son journal.

Lionel insista.

— Je m'appelle Lionel 1613 A.C. Si vous voulez bien vérifier, on a dû me garder cette chambre pendant mon voyage en pays Horb !

L'employé leva un regard admiratif et toisa Lionel.

— Mince, dit-il, un explorateur ! Drôle de moment pour se perdre en pays Horb ! Oui, au fait, je vous reconnais. Vous occupiez la chambre 7812 il y a quelques mois !

— C'est ce que je me tue à vous dire.

— Je m'en souviens très bien parce que 7812, c'est le nombre de mon matricule.

— Alors ?

— Oh !

— Quoi, oh ?

— Elle est occupée. Vous ne vous figurez quand même pas qu'on vous l'a gardée si longtemps avec tous ces réfugiés ! Cherchez dans un autre hôtel.

— Appelez-moi le directeur !

L'employé haussa les épaules.

— Il est en train de retenir sa place pour le départ de ce soir. Direction, la Terre ! Vous pensez bien qu'il se fiche pas mal de votre chambre. D'ailleurs, tout le monde se fiche de tout. Mais vous avez une bonne tête et je vais vous donner un conseil. Montez donc à la chambre et arrangez-vous avec l'occupant actuel.

Il se replongea dans son journal et ne fit pas plus attention à Lionel que s'il n'existait pas.

Lionel haussa les épaules à son tour et entraîna Martial. Ils montèrent dans la cabine-guide et Lionel appuya sur le bouton 7812. La cabine ne bougea pas.

Lionel revint vers l'employé et lui toucha le bras.

— C'est encore vous ? dit ce dernier.

— La cabine-guide ne marche pas, se plaignit Lionel.

— Bien sûr qu'elle ne marche pas. Il y a huit jours que l'hôtel est privé de courant. Montez à pied.

— Comment voulez-vous que je trouve la chambre en question dans ce labyrinthe ?

— Prenez-en une autre, n'importe laquelle. Pourquoi tenez-vous tant à la 7812 ?

Cela, Lionel ne pouvait pas le lui dire. Il fouilla dans sa poche et mit un billet de deux cents crédits dans la main de l'employé.

— Mince ! fit celui-ci.

— Allez, soyez chic, demanda Lionel. Faites un effort pour vous rappeler où est cette chambre.

— Attendez donc, c'est dans l'aile ouest, sans doute dans les derniers étages.

— Merci.

— Quand même, dit l'employé, on peut dire que vous avez des idées fixes, vous !

Lionel et Martial passèrent une bonne heure à enfiler des couloirs et à gravir des escaliers encombrés de réfugiés dormant à même les tapis avant de trouver la chambre.

Lionel heurta la porte. Un grand bonhomme chauve ouvrit aussitôt.

— Oui ?

— Je m'excuse de vous déranger, dit Lionel. Je suis l'ancien occupant de cette chambre. J'y ai oublié quelque chose.

— Ah ? dit l'homme sans bouger.

De la chambre venaient des bruits de conversations et des criailleries d'enfants.

— Alors, sourit Lionel, si vous vouliez me permettre d'entrer, je prendrais mon bien et vous débarrasserais aussitôt.

Au bout d'une seconde de silence, l'homme répondit :

— On dit ça, et quand on est à l'intérieur, on ne veut plus sortir. Nous sommes déjà trois familles, ici. Il n'y a plus de place. C'est cousu de fil blanc, votre histoire.

L'homme se carrait solidement dans l'encadrement de la porte, l'air buté. Lionel jugea qu'il était inutile de discuter. D'un revers de bras, il balaya l'homme contre le mur et entra dans la pièce, Martial sur les talons.

La chambre était bourrée d'enfants qui se mirent à crier de frayeur à leur entrée. Des lits de fortune faits de fauteuils et de couvertures encombraient tous les angles de la pièce. Un autre homme se dressa devant Lionel.

— Dites donc, vous !

Lionel l'envoya s'asseoir par terre et bondit vers la salle de bains. Une femme qui barbotait toute nue dans la baignoire se mit à hurler. Sans s'occuper d'elle, Lionel ouvrit un placard et balaya de la main la planche du haut : rien !

Il revint dans la chambre, où Martial tenait tout le monde en respect avec un pistolet à rayons. Son regard fit lentement le tour de la pièce. Soudain, il sursauta.

Un enfant de deux ou trois ans aux joues sillonnées de larmes de frayeur tenait à la main l'objet qu'il cherchait : une boîte cylindrique de la taille d'un gibus et munie de deux petites poignées de métal.

Lionel s'approcha et voulut lui prendre la boîte. Mais l'enfant hurlait : « Maman, joujou ! » Pressé, Lionel lui arracha son jouet dangereux. Mais comme il gênait le champ de tir de Martial, un homme en profita pour lui envoyer un violent coup de poing en plein visage.

L'homme ramena son poing avec un cri de douleur ; il avait seulement réussi à se briser une phalange sur l'ossature métallique de Lionel.

— C'est un robot ! cria-t-il. Ce n'est pas un homme, c'est un robot !

Lionel fit deux pas en arrière et dit tristement :

— Tant pis : tire, Martial.

L'arme émit une vive lueur ; l'homme s'effondra, endormi.

— Endors-les tous, pendant que tu y es, conseilla Lionel.

La chambre s'illumina plusieurs fois tandis que les occupants tombaient comme des quilles les uns par-dessus les autres... sauf un !

Celui-ci bondit sur le pistolet de Martial et chercha à le lui arracher. Sa force était colossale. Martial tira plusieurs fois sans effet avant de comprendre qu'il avait affaire à un robot comme lui.

Lionel, lui, avait déjà compris. La mort dans l'âme, il prit son propre pistolet, déplaça sur la crosse un cran de sécurité et tira à son tour.

Le robot s'effondra, le crâne ouvert, déversant sur le parquet un fouillis d'isolateurs de plastique, de fils conducteurs et de roues dentées.

CHAPITRE IV

— Où sommes-nous ? demanda Lionel.

— Dans le sous-sol des bâtiment de la police. Heureusement que je suis avec toi, tu ne connais pas assez Gayam pour t'y débrouiller. Tu n'aurais jamais trouvé un coin aussi sûr.

— Ils nous cherchent, n'est-ce pas ?

— Tu penses ! Nous avons été obligés d'endormir au moins trois cents personnes et de tuer cinq robots. Toute la police est à nos trousses. Mais je ne pense pas qu'il faille s'inquiéter. Le désordre de la ville est trop grand pour qu'ils nous retrouvent rapidement.

— Je suis désolé d'avoir tué ces robots, dit Lionel.

— Moi aussi, dit sourdement Martial.

Ils se turent. Il n'y avait pas de commentaires à faire sur les nécessités cruelles de la lutte qu'ils menaient. Au bout d'un moment, Martial déclara :

— Ce que je n'ai pas encore compris, c'est pourquoi vous étiez seuls, Lorrain et toi, à connaître l'importance de votre mission.

— Mon cher, dit Lionel, il y a à l'Assemblée Solaire des hommes de l'opposition résolument hostiles au maintien des Terriens sur Sidar. Cette hostilité est telle que certains n'ont pas hésité à faire parvenir des renseignements aux Xressiens. C'est en partie pourquoi les usines dont Lorrain parlait l'autre jour ont été démontées, c'est aussi pourquoi la date d'occupation xressienne a été avancée.

— Mais pourquoi cette hostilité ?

— Oh ! une question de gros sous ! Sous bien des rapports, Sidar ressemble à Vénus : même sous-sol, climat et flore similaires et, sans doute, mêmes possibilités d'avenir ! Les hommes politiques dont j'ai fait mention sont les marionnettes de gros intérêts vénusiens. On craint que, dans l'avenir, Sidar ne fasse concurrence à Vénus.

— C'est ignoble !

— Bien sûr ! Et il était très important que les projets de Lorrain ne soient connus de personne, même pas du Gouvernement général. En fait, il n'y a que quatre hommes à savoir ce que nous sommes venus faire ici : Lorrain et moi, naturellement, plus le Président et le Ministre des colonies extra-solaires.

— Six, avec Marco et moi !

— Oui, nous avons été obligés de vous mettre dans le coup, sur votre bonne mine, parce que nous ne pouvions vraiment plus continuer tout seuls.

Des bruits inquiétants vinrent de l'étage supérieur. On entendait des pas précipités et un brouhaha de voix énervées.

— Qu'est-ce que c'est ? demanda Lionel.

— Je n'en sais vraiment rien. C'est peut-être à cause de nous ! Mais il n'y a aucune raison de venir nous chercher ici. On nous a vus plonger du grand pont qui est à dix kilomètres d'ici. Nous pouvons être cachés dans mille endroits différents. Tout ça va se terminer en queue de poisson. Ils ont d'autres chats à fouetter avec les préparatifs de l'exode... Eteins tout de même ta lampe, on ne sait jamais...

Lionel obéit. Ils continuèrent à chuchoter dans l'obscurité.

— Lorrain a pris un gros risque en allant te chercher en pays Horb, dit Martial.

— Mise à part la question sentimentale, il en aurait pris un bien plus grand en ne venant pas se rendre compte de ce qui m'était arrivé ? Il voulait être sûr que j'avais réussi à écouler mes miroirs de glacies en quantité suffisante.

— Mais, les pertes...

— Même en tenant compte des pertes, j'ai calculé qu'il restera une surface totale de plus d'un kilomètre carré de glacies pour laisser passer les rayons E' jusqu'au centre de Sidar. La réussite n'a tenu qu'à un fil, crois-moi. Quant à moi, il fallait absolument que je ressuscite Lorrain. Il ne m'avait pas encore dit où il avait caché cette boîte.

Martial palpa les contours de la boîte reposant sur les genoux de Lionel, dans le noir.

— Quand te décides-tu à ouvrir la boîte et à ioniser à distance tes fameux miroirs ?

— Il y a eu nuit rouge il y a deux jours, dit Lionel, même si j'avais pu mettre tout en branle ce soir-là, la situation de Sidar était telle sur son orbite que nous serions en route pour le système Delta du Centaure, ce qui ne ferait pas du tout notre affaire. Il faut attendre la prochaine nuit rouge, c'est-à-dire le

7.A.E.2023 afin d'être lâchés vers notre système solaire. D'ici là, nous pouvons rester dans ce sous-sol... Si Lorrain et Marco nous avaient accompagnés, il aurait fallu les nourrir. Nous n'en serions jamais sortis.

Il consulta son calendrier-bracelet qui luisait dans l'ombre.

— Encore quinze jours ! dit-il.

CHAPITRE V

Le Résident entra dans la chambre de Lorrain. Celui-ci faisait de la gymnastique pour parfaire la rééducation de ses membres inférieurs.

— Regardez ça, Résident, dit-il.

Il fit un saut périlleux en arrière.

— Qu'est-ce que vous en dites ?

— Que vous êtes jeune et que vous me faites envie... Quand je pense que c'est pour ce soir !

— Oui, dit Lorrain en se massant les jambes. Je me sens si bien que je regrette de ne pas être avec eux.

— Vous les gêneriez, mon vieux. Si jeune qu'il soit, un homme n'a jamais la valeur physique d'un robot. Pourvu qu'ils réussissent !

Il caressa le diffuseur de la radio.

— J'ai hâte d'entendre leurs voix dans cette petite boîte.

— Patientez, quand il n'y aura plus de Xressiens pour capter les émissions suspectes, ils pourront nous parler.

— Vous croyez que les Xressiens vont déguerpir ?

— Je ne sais pas ce qu'ils pourraient faire d'autre pour éviter d'être entraînés loin de chez eux sans espoir de retour, avec leurs vieux astronefs interplanétaires.

Le Résident s'assit.

— J'ai les jambes qui tremblent, dit-il. J'ai confiance en vous mais je ne peux pas imaginer que tout ça se passera sans catastrophe.

Lionel sourit.

— J'ai repassé cent fois les calculs dans la machine de mon laboratoire sur Terre. Vous pouvez être tranquille.

— Sidar ne va pas exploser ?

— Non. Ce n'est pas du deutérium ordinaire que nous avons là-dessous, dit Lorrain en frappant le sol du talon. Des pressions énormes, de sept millions de kilogrammes par centimètre carré, en changent les propriétés... La structure atomique en est totalement modifiée. Il n'y aura pas de réaction en chaîne... ou du moins, cette réaction cessera d'elle-même.

— Je ne comprends pas grand-chose, avoua le Résident.

— Ne vous en faites pas !

— Ce qui m'impressionne le plus, c'est de savoir que nous sommes les seuls hommes à rester sur Sidar. Tous les autres sont partis. Cette solitude me fait peur.

— Nous ne le serons pas longtemps. Quand Sidar sera assez éloignée de son ancienne orbite, au bout de quelques jours, vous verrez affluer à notre rencontre les astronefs de réoccupation terrienne.

Le Résident regarda sa montre et pâlit.

— Plus qu'une demi-heure, dit-il... Lorrain, je suis un vieil homme et j'ai peur.

Lorrain grimaça :

— En toute franchise, je suis un jeune homme, et malgré la confiance que j'ai en mes calculs, j'ai encore plus peur que vous... Que font les indigènes ?

— Ils dorment, comme d'habitude, abrutis par la sève.

— Ils auront besoin d'une cure de désintoxication !

Lorrain prit le Résident par la main.

— Venez, dit-il. Nous allons jeter un coup d'œil au comportement des Xressiens devant le phénomène.

Ils sortirent, passèrent dans la grotte où coulait la petite rivière et remontèrent le souterrain vers la falaise. La lampe tremblait dans la main du vieux Résident.

— Vous êtes sûr qu'il n'y a pas de danger ?

— Il n'y aura qu'un peu plus de séismes en pays Horb, c'est tout.

Une lueur rouge filtrait à l'extrémité du souterrain. Le Résident éteignit sa lampe. Bientôt, ils sortirent à plat ventre dans l'herbe de la falaise.

Le Satellite montait lentement à l'horizon.

— Les choses sont en cours, murmura le jeune homme. Lionel n'a eu qu'à presser un bouton sur une petite boîte pour ioniser les miroirs.

Sous eux, éclaboussés de lumière rouge, deux champignons xressiens régnaient sur les ruines du village abandonné.

— A quoi verrons-nous que nous nous éloignons d'Alpha ? s'informa le Résident.

— Deux heures plus tard, dit Lorrain, nous traverserons le manteau de poussière interstellaire qui revêt le système d'Alpha. Vous n'aurez jamais autant vu d'étoiles filantes de votre vie.

Ils regardèrent en direction du Nord, vers le pays Horb. Lorrain pointa son doigt. Il se retint de pousser un cri de triomphe. Le ciel rouge était brouillé d'une véritable danse d'ondes lumineuses.

— Lionel a réussi, dit-il. Les E' passent. Ils passent, Résident ! Sidar perd de sa masse, à toute vitesse !

Le Résident dit d'une voix tremblante d'émotion :

— Ces... lumières dansantes sont dues aux E' ?

— Non, pas du tout. Elles sont dues à un flot de neutrons qui s'échappent de Sidar à une vitesse folle !... Ecoutez !

Un grésillement de conversations xressiennes montait du val. Ils virent les rues du village encombrées de silhouettes inquiètes et gesticulantes. Bientôt, une longue antenne monta du sommet d'un champignon et sa pointe se hérissa de crachotements d'étincelles mauves.

— Ça les inquiète, dit Lorrain. ils sont en communication avec leur quartier général. Ils ne se doutent pas qu'ils s'éloignent déjà de leur soleil à une vitesse double de celle du son, à une vitesse qui va encore s'accélérer.

Le Résident posa sa main sur le bras du jeune homme.

— Mais il n'y aura pas nuit rouge tous les soirs, dit-il. Allons-nous nous arrêter pour... mais non...

— Vous entrevoyez déjà vous-même que vous faites erreur, dit Lorrain. D'abord parce qu'on n'a pas besoin de plusieurs coups pour envoyer une bille d'ivoire à l'autre bout du billard, ensuite parce que la réaction étant amorcée, la désintégration du deutérium continue plusieurs semaines après les nuits rouges, même sans E'.

Montant du val, un énorme ronflement coupa la parole à Lorrain. Les deux Terriens baissèrent les yeux. Ils virent désertes les rues du village. La collerette métallique de l'un des champignons tournait sur elle-même à toute vitesse.

— Ils ont l'air de vouloir s'en aller, cria Lorrain dans l'oreille du Résident. Leurs astronomes ont dû les avertir de ce qui se passe ! Je ne croyais pas qu'ils prendraient peur si vite !

Brusquement, dans un bruit de tonnerre, l'un des appareils xressiens fonça vers le ciel. La collerette de l'autre commençait déjà à ronfler à son tour.

CHAPITRE VI

Perchés en haut d'un immeuble en ruine des faubourgs de Gayam, Martial et Lionel étaient témoins d'événements semblables.

Visibles dans l'éclatante nuit rouge, une dizaine de champignons géants crépitaient de toutes leurs antennes. La ville grouillait de petites lumières affolées.

— J'ai l'impression, dit Lionel, d'avoir donné un coup de pied dans une fourmilière.

Le ciel était sillonné en tous sens par des appareils plus petits. Les uns se posaient tandis que d'autres prenaient leur vol pour une direction inconnue.

Soudain, un sillage de feu laboura le ciel rouge.

— Un aérolithe, dit Martial.

— Oui, nous n'avons pas fini d'en voir. Nous allons passer le cercle de plusieurs milliers d'astéroïdes de toutes tailles qui constituent les limites du système d'Alpha. Les Xressiens feront bien de se dépêcher s'ils veulent rentrer chez eux. Leurs appareils ne sont pas assez perfectionnés pour franchir de telles distances.

De fait, les Xressiens paraissaient le comprendre.

Les petits appareils s'engouffrèrent les uns après les autres sous le chapeau des grands champignons, comme des poussins se réfugiant sous l'aile de mères poules.

Bientôt, les rues de Gayam ne furent piquées que de rares lumières. Un champignon bourdonna, parut trembler sur sa base et fonça dans l'espace. En quelques heures, ils disparurent les uns après les autres. L'un d'eux, heurté de plein fouet par un aérolithe, avait explosé dans un soleil de flammes jaunes.

— Sidar est à nous ! hurla Lionel. Filons à l'observatoire.

Ils dégringolèrent à la hâte de leur perchoir et foncèrent à travers les rues désertes vers les cinq grandes coupoles surmontant le quartier est.

Une demi-heure de course ininterrompue les mena aux portes de l'observatoire restées grandes ouvertes.

Lionel fonça dans les escaliers, entraîna Martial par de longs corridors et parvint à la coupole centrale. Leurs pas sonnèrent en échos inquiétants sous l'immense voûte. Mais brusquement, ils s'arrêtèrent, stupéfaits. Une petite lumière veillait, solitaire, sur un bureau couvert de papiers épars.

A côté du bureau, un petit vieillard à barbiche blanche traçait des formules et des équations sur un tableau noir fixé au mur.

— Un Terrien ici ! souffla Martial.

Le vieillard tourna la tête et jeta un regard distrait aux deux intrus. Il fit un « chut » impératif et se replongea dans ses calculs en marmonnant à voix basse.

Les deux robots s'approchèrent sur la pointe des

pieds. Ils entendirent le vieillard murmurer : « Je ne comprends pas, je ne comprends pas. »

— Je peux tout vous expliquer, dit doucement Lionel.

C'était apparemment la seule phrase susceptible d'attirer l'intérêt du vieux. Il tourna doucement la tête et darda sur Lionel un œil bleu et candide.

— Vraiment, dit-il sans s'étonner. Eh bien, jeune homme, je suis tout oreilles.

— Que faites-vous ici ? biaisa Lionel.

Le vieux parut sortir d'un songe.

— Qu'est-ce que je... Mais je suis ici chez moi, jeune homme. J'y ai vécu cinquante ans, ce n'est pas pour m'en faire chasser par ces rats ridicules. Je me suis caché dans les caves et je m'apprêtais à les faire tous sauter... Heureusement, ils sont partis ! Ils ont eu peur de... hé, hé !

Il eut un rire cassé et reprit son sérieux d'un seul coup.

— Mais vous disiez que vous pouviez m'expliquer ?

— Vous êtes le professeur Daniel ! s'exclama Martial en le reconnaissant d'après les photographies de journaux.

— Bien sûr, Daniel 3795. A.A., dit le vieillard. C'est moi le patron, ici. Ce ne sont pas de vulgaires rats...

Il revint à son idée.

— Jeunes gens, déclara-t-il, il se passe une chose extraordinaire... Sidar fout l' camp ! Oui, parfaitement, elle fout l' camp ! C'est très intéressant, mais je ne comprends pas pourquoi.

Ses yeux se posèrent sur Lionel ; il parut se rappeler quelque chose.

— Qu'est-ce que vous disiez tout à l'heure, vous ?

— Je disais : je sais pourquoi Sidar fout le camp, dit Lionel en reprenant l'expression du vieux savant.

Les yeux du vieux brillèrent d'une joie juvénile. Il tendit un morceau de craie à Lionel et lui montra le tableau noir.

— Allez-y, dit-il simplement. Montrez-moi.

....

Pendant les explications de Lionel, le vieux Daniel resta bouche bée sans l'interrompre une seule fois. Quand ce fut fini, il garda un moment la pose et, d'un seul coup, se dressa pour frapper sur la table de son poing débile. Sa barbiche tremblait d'émotion. Il éclata :

— Sensationnel ! Fantastique ! Ah ! mais... on aurait tout de même pu me prévenir ! Ce n'est pas gentil, non, pas gentil du tout de ne pas m'avoir prévenu... Mais je vous pardonne ! J'aurai vécu la plus grande aventure de tous les temps, grâce à vous ! J'aurai vu ça avant de mourir !

Il dansa sur place et ajouta :

— Moi qui n'ai jamais été fichu d'avoir mon brevet de pilote (d'ailleurs ça ne m'intéressait pas beaucoup) voilà que je suis le capitaine d'une planète au long cours ! car je suis le patron, ne l'oubliez pas. Le patron ici, c'est moi ! Je vais prendre les choses en main.

Il regarda Lionel, l'œil inquiet.

— Vous voulez bien, n'est-ce pas ? Ne me privez pas de cette joie !

CHAPITRE VII

La nuit était froide. Elle durait depuis deux jours, totale. Les Sidariens, dans leur grotte, grelottaient autour de feux de branchages. A mesure que Sidar s'éloignait, la bienfaisante chaleur du soleil Alpha n'arrivait plus que par intermittence.

En effet, la planète fuyait vers le système solaire, mais elle tournait sur elle-même suivant des axes capricieux qui changeaient toutes les vingt-quatre heures.

Lorrain, emmitouflé jusqu'aux oreilles, passait au milieu des indigènes en leur distribuant de bonnes paroles et des boîtes de conserve pour améliorer l'ordinaire, car le froid du dehors leur interdisait des chasses prolongées.

Il leur expliquait que la chaleur reviendrait bientôt, mais que les Xressiens, eux, étaient partis sans espoir de retour.

Coupant court à leurs « nananas », il entra dans la portion du souterrain provisoirement aménagée en Résidence et se débarrassa de ses lourds vêtements d'hiver.

Il trouva le Résident songeur.

— Expliquez-moi quelque chose, dit celui-ci.

— J'écoute.

— Normalement, Sidar, en perdant sa masse, aurait dû s'éloigner du soleil Alpha en spirale et non en ligne droite. Elle aurait dû décrire des cercles de plus en plus vastes avant, finalement, de prendre une direction tangentielle.

— Parfaitement raisonné, sourit Lorrain.

— Alors ?

— Eh bien, je ne vous ai pas tout dit.

— Diable ! fit le Résident en portant la main à son front. Allez-y, je m'attends à tout.

— Non seulement Sidar a perdu de sa masse, mais elle a rué dans l'espace.

— Rué ?

— Elle s'est dégagée par une secousse, si vous voulez.

— Comment cela ?

— Vous rappelez-vous ces lumières dansantes (pour employer vos propres paroles), qui flottaient au-dessus du pays Horb, il y a quelques jours.

— Oui, vous m'avez dit que c'était un flux de neutrons s'échappant du centre de Sidar.

— Imaginez que ce flux soit un véritable jet.

— Comment cela ?

— Le mot flux ne fait pas image. Imaginez un jet, un jet de vapeur, si vous voulez, un jet d'une force fantastique, échappé d'un... d'un tuyau géant d'échappement. Imaginez que Sidar est une boule de métal dans laquelle bout de l'eau dont la vapeur s'échappe par un tuyau géant au pays Horb.

— Votre boule de métal avancerait...

— Oui, elle serait propulsée en avant par une espèce de... réacteur, de réacteur grossier. Voilà pourquoi je dis que Sidar s'est évadée du système Alpha par une ruade, une ruade de neutrons, et non pas seulement en raison du changement de sa masse.

Le Résident se passa la main dans les cheveux et dit :

— Mais j'y pense, ce flux va décomposer l'atmosphère, enfin... je veux dire qu'il va la...

— Il risque de briser les atomes des constituants de l'atmosphère sidarienne.

— Mais c'est très dangereux !

Lionel rit d'un air à la fois indulgent et gêné.

— Ecoutez, Résident, je ne peux pas entrer dans les détails. Vous n'êtes pas physicien. Je vous demande de me croire sur parole. Le deutérium de Sidar, je vous l'ai déjà dit, est emprisonné au centre de la planète sous des pressions énormes. Cela crée un champ qui... non, je ne peux pas vous expliquer cela, ce serait trop long.

Il réfléchit et ajouta :

— Sachez que les perturbations atmosphériques affecteront seulement le pays Horb, et encore, d'une façon très lente.

— Pauvres Horbs !

— Peut-être, mais si nous n'avions pas agi ainsi, il aurait fallu ajouter : « Pauvres Sidariens ! » Les Xressiens n'auraient épargné ni les uns ni les autres.

Le Résident se leva et marcha de long en large.

— J'ai froid, dit-il. Même ici, il fait froid.

— Tranquillisez-vous, cela ne va pas durer. N'oubliez pas que notre petite blague a allumé une véritable chaudière au centre de Sidar. Nous en ressentirons bientôt les effets, cela compensera largement la chaleur d'Alpha. Malheureusement il fera de plus en plus nuit pendant le voyage.

— Je me demande ce qu'ils font à Gayam, ils n'ont pas appelé depuis deux jours...

Comme pour lui répondre, une lampe rouge clignota sur l'appareil de radio.

— Quand on parle du loup... dit Lorrain.

Il pressa un bouton. La voix de Lionel se fit entendre.

— Allô, vous m'entendez, allô Lorrain...

— Ça va, dit Lorrain, je t'entends, vieux frère.

— Ouf, dit Lionel, j'ai eu un mal fou à réparer le matériel. Ces imbéciles de Xress ont tout saccagé dans la ville. Enfin, le courant est revenu dans le quartier est. Le Résident est là ?

— Oui, Lionel, dit le Résident. Que fait Martial ?

— Je l'ai laissé en compagnie du Professeur Daniel. Il est au tableau de commande du télescope. Le vieux Daniel n'arrête pas de faire des observations, il est fou de joie... Et maintenant, une grande nouvelle !

— On vient à notre rencontre ! cria Lorrain en broyant l'épaule du Résident.

On entendit rire Lionel.

— Ecoutez le message que je viens de recevoir en réponse à mes appels !

« Quatre fusées militaires type AZ font demi-tour... stop... Gouvernement Fédéral envoie ingénieurs et matériel pour reconstruire usine propulsion Sidar... stop... Lorrain 1613 A.C. fait Chevalier Espace et nommé Ingénieur Suprême des orbites solaires... stop... Résident Marco 6738 A.B. fait Chevalier Espace et promu Gouverneur Général Sidar... stop... »

La voix de Lionel devint inaudible, disparut tout à fait.

— Lionel ! cria Lorrain... Il y a encore une panne !

Il se tourna vers le Résident. Celui-ci était rouge comme un homard.

— Gouverneur Général ! balbutia-t-il.

— Remettez-vous, Résident, dit Lionel. Vous vous plaigniez de l'état d'abandon de cette planète. Vous allez pouvoir remettre en chantier la route Gayam-Nisso, et bien d'autres ! Sidar va devenir un monde moderne. Les colons vont affluer !

— Et vous, vous êtes...

— J'ai un titre ronflant : Ingénieur Suprême des orbites solaires ; en langage vulgaire : professeur de billard interplanétaire !

— Ne faites pas de carambolages, surtout, dit le Résident en s'essuyant les yeux.

Il prit Lorrain par le bras et lui dit d'un air inquiet :

— Dites-moi, Ingénieur Suprême, êtes-vous sûr de votre affaire ? Regardez à quoi je pense.

Il désignait une bille d'ivoire posée sur la table.

— Eh bien ? fit Lorrain.

— Regardez, dit le vieil homme.

Il poussa lentement la bille de son index tendu. Celle-ci roula tout droit pour commencer, puis elle glissa de côté.

— Mon doigt, dit le Résident, ce sont les E' ; la bille, c'est Sidar.

— Ce n'est pas tout à fait ça, fit remarquer Lorrain, mais admettons ! Et après ?

— La bille n'a pas marché droit ! Sidar risque de se perdre je ne sais où !

Souriant, Lorrain reprit la bille et la poussa avec deux doigts. Elle avança tout droit à travers la table.

— Vous avez un peu raison, dit-il au Résident. Mais l'important était de projeter Sidar hors de son orbite dans une direction approximative. Nous n'avions pas le temps d'agir autrement. En fait, nous allons, maintenant qu'il n'y a plus Xress pour nous en empêcher, pousser Sidar avec trois doigts : les trois usines en question !

Le Résident poussa un grand soupir.

— Vous me voyez soulagé. J'avais peur, dit-il naïvement, que vous n'y ayez pas pensé.

— Tout est prévu. Les E continueront de se réfléchir sur le Satellite 2, même à très grande distance. Et le Satellite 2 qui nous accompagne nous enverra des E'. Nous pourrons freiner ou accélérer d'une façon précise leur pénétration au centre de Sidar en exposant de plus ou moins grandes surfaces de glacies dans telle ou telle usine. En fait, nous mènerons cette planète presque aussi facilement qu'un appareil interstellaire.

La voix de Lionel éclata dans la pièce :

— ... m'entendez ? Lorrain, Résident, m'entendez-vous ?

Les deux hommes bondirent pour baisser le son de l'appareil.

— Oui, dit Lorrain, nous t'entendons. Il y a eu une coupure.

— C'est arrangé, dit Lionel. Il y a des tas de choses que je n'ai pas eu le temps de vous dire tout à l'heure. Entre autres, j'ai récupéré une fusée en état de marche. Je passe vous prendre dans un quart d'heure. A tout de suite !

Heureux, Lorrain et le Résident se couvrirent chaudement et sortirent dans le village pour guetter l'arrivée de Lionel.

Le Résident regarda la voûte étoilée. Il demanda :

— Où avez-vous prévu de placer Sidar dans le système solaire ?

— Entre Terre et Vénus.

— Eh bien, j'ai hâte que nous soyons arrivés. Je commence à avoir faim de soleil.

Lorrain resta songeur.

— Vous ferez bien de prendre quelques congés sur Terre en attendant, comme acompte, dit-il. Si tout marche bien, Sidar n'arrivera que dans cent cinquante ans !

Achevé d'imprimer en mai 1998
sur presse Cameron
par ***Bussière Camedan Imprimeries***
à Saint-Amand-Montrond (Cher)
pour le compte des Éditions Denoël

N° d'édition : 9070. N° d'impression : 982771/1
Dépôt légal : juin 1998.
Imprimé en France